所有男人都是消耗品

[日] 村上龙
李重民 译

上海译文出版社

目　录

可爱的女人和
不可爱的女人

要造就好的女人、可爱的女人，父亲至关重要。这句话，我是从心理学的层面上说的。

我用“层面”这个词，不是指话题的档次高低，而是指领域的不同。

比如，有关生物的学问，从分子、细胞开始，包括内脏、功能、代谢、形态和受胎、成长、疾病，经过个体、物种，直到社会、国家、世界、宇宙、未来，能够切入的角度不可悉数。

又如，男人和女人的问题，从DNA到社会、国家、宇宙，也可以从各个层面进行评说。我是把它们捣烂了掺杂在一块儿写的。我不是学者，是小说家，所以这样做也无可厚非吧。

回到前面的话题，父亲的问题在心理学层面，说的是个人对个人的影响。

不用说，女人各不相同。丑女不在我的讨论范围。丑女中也有优秀女人，但说什么内秀会表现到外表上，不过是一种胡扯。

说得明白些吧。丑女中也有在社会上很有作为的女人，是有用的女人。不过，说什么磨练了内在，连脸蛋都会变得漂亮（像最近女性杂志搞的特辑里鼓吹的那样），那就是弥天大谎了。

“丑女不在我的讨论范围”，这是我说的。但无论哪个时代，都没听说过大量丑女嫁不出去的事。去百货商店或游乐园看看，那些丑得叫人差点失声惊呼的女人，个个心安理得地结了婚，有了孩子。有的男人跟丑女搞在一起。对男人来说，肯跟男人搞在一起的女人才是最可贵的，所以这也是没办法的事。

话说得有些跑题了。既然跑题了，那就顺便再捎上一个话题，就是：丑女的标准也是非常“体制”化的。比如，平安时代[1]的美女，现在来看就是丑女。美丑的标准是完全彻底社会性的、体制化的。因此，喜欢平安时代美女或新几内亚高地美女的人，恐怕是极少的。

所以，我说的“丑女不在讨论范围”，希望理解为是在心理学的层面上，既不是动物学的，也不是文化人类学的。

接下来，排除丑女来考虑“女人”，可以分出两种类型（有丑女情人的男人以下免读）。

那就是：可爱的女人和不可爱的女人。也可以说是：朴实的女人和爱耍心眼的女人。再讲得明白些：新式女人和老式女人。

---

1 日本 8 至 12 世纪建都于平安京的时代。

爱耍心眼的女人没有决定性的魅力。这个“决定性”，是指不会吸引男人下决心。爱耍心眼的女人拥有小聪明，所以男人怀有戒心，不会想到抛弃珍贵的东西跟她走。

“小聪明”这个词是送给女人的。从生物学的层面说，女人是没有智慧的。背负着父性幻想的男人，才有“智慧”这东西。

男人必须构筑。构筑社会、故事、建筑物、数学。其他的动物不构筑，它们交配一次，以后的事情用不着知道，只有动物园的动物和家畜需要确认“父亲”这个角色，只有喂养它们的人类需要知道这个角色。

在构筑的过程中，男人创造了智慧。

因此，女人没有智慧。笨女人可爱，这句话说到点子上了。“笨”的意思常有歧义，但其实“笨”指的是单纯、朴实。没办法，这依据的是生理。

女人如果依据的不是生理而是智慧，那么就不生孩子了。难道不是吗？

可爱的女人不仰仗小聪明招摇过市。靠小聪明自鸣得意的，是傻父亲的女儿。傻父亲，是什么样的父亲呢？

称得上“可爱女人”的那种女人，常常会提起父亲。

“他呀！有点玩过头了，就因为在女人中很吃香。我母亲常常为他哭鼻子呢。他喜欢喝酒，喜欢豪华型汽车，还经常出轨。不过，对我吧，他是非常温柔的。”

这样的话，是最了不起的。这样说父亲的女人，是最了不起的。

这与父亲的职业、社会地位毫不相干。不管他是大学教授还是工薪阶层，是画家还是自行车赛选手，或是公路运输驾驶员——这都无关紧要。

说到底，问题在于能否让人感觉到“男性”，是否能感觉到“性”。

希望读者不要把我的话想龌龊了。别忘了“父性”是一种幻想。它是强有力的体制，但却是一种幻想。人类拥有“父亲”这个体制，是和用两条腿站立一样重要的、永远无法解开的谜。

男人只能在体制上成为父亲，女人和其他动物一样，能成为生物学意义上的母亲。这是决定性的区别。

真心努力想做个好父亲的男人，是抱着体制不放的傻男人。女儿看透这一点。女儿（实际上儿子也是这样）希望的不是好父亲，而是好男人。

父亲再怎样送玩具给女儿，女儿也只会感谢，而不会对父亲产生敬意。女儿感到自豪，是在父亲发挥作为男人的魅力的时候。实际上不仅仅是女儿，儿子、妻子、孙子，全都一样。

不在于为女儿做什么，关键在于表现出什么样的形象。

看着傻父亲——抱住体制不放的父亲——长大的女儿，看重的是卖弄小聪明，而不是性高潮。也就是说，变成了傻女人。

和那样的女人交往是不会感到轻松的，这倒没准能让人埋头工作。因为傻女人和劣质麻药一样没有效力，不会削弱工作热情。但是，这种工作热情的潜力很小，催生的只是一份烂工作，好比是疲软的近代文学[1]。

傻到根的父亲，大概是那种搞乱伦的人——作为他对体制的反叛。请读者不要误解，说“散发着男人魅力的父亲”，这始终是一种对外的意思。包括人类在内的动物身上，运转着一种乱伦禁忌的系统，所以乱伦是一种可称之为“反体制”的体制性的东西，绝不是本能。宁可说，其产生的根源在于对本能的压抑。

因此，遭父亲强暴的女儿，无论是成为女同性恋者还是小说家，前面的道路都是黑暗的。获得拯救的办法是：谴责糟蹋她的父亲的，就成了女同性恋者；诅咒自己的，就成了小说家。

她们有时也会像男人那样依靠幻想生活着。以前我去采访SM[2]俱乐部的时候，有半数女性袒露了与父亲的性交往。现在SM正处于泛滥的前夜，她们如果不是被捆着强奸，如果没有强迫和羞耻，就不能保持性方面的同一性。对她们来说，建立强制性的信赖关系，这是最最重要的。

我一直在说，男人是“消耗品”。就像一次性打火机一样。性

1　指日本明治维新以后的文学。

2　S指性虐狂，M指性受虐狂。

能不好或者气体用完了，就随手扔掉，牢骚也不用发。

女人是“战利品”，不彻底打倒就不能搞到手。男人要打倒各种各样的对手，才能最终把女人弄到手。

首先要打倒的，是那个女人的父亲。而且，这个敌人越强大，战利品就越丰厚。

女演员说：
我想堕落啊！

结婚，是一种体制。

各种各样的批评家，不管内行还是外行，不管是认真还是调侃，对结婚都大放厥词。什么不是个好东西啦，什么只是男人谋发展的工具啦，什么一夫一妻制是权力的装饰品啦，什么是人生的坟墓啦，不一而足。

也有人说，好男人全都已经结婚了。听到这样的话，再回过头来看，我周围有才能和实力的男人确实都已经有了妻室。

这是因为第一，好男人是指长得帅的男人，当然就吃香，所以容易和女人粘上。第二，好男人对爱情非常敏感（无论在多么不幸的环境里长大，好男人对身边的人都很体贴），所以不会轻易抛弃女人。第三，好男人常常有在外闯荡的倾向，所以需要有个能回归的港湾。第四，好男人原则上在性方面比较正常。

过了三十五岁还独身的男人是反常的。

没有结婚的优秀女人却比比皆是。

反过来说，主妇，已经算不上女人了，而是男人的专用保姆，是母亲。没有结婚的优秀男人很少见。男同性恋者则当别论。在男同性恋者中，尤其在美国，优秀男人随处可见。但是，同性恋者是虚无主义者，生物工程学和同性恋者会改变人类的未来吧，不过这不是本文要讨论的主题。而且，我讨厌真正的虚无主义者。

说实话，男人都想拒绝婚姻。无论面对多么好的女人，男人都在考虑有没有办法不结婚。

但最后还是结婚了。

为什么？因为体制。不能蔑视体制。体制是强大的。这世上几乎百分之百的东西，都是用来支撑体制的装置。

要与体制对抗极其困难，男人肯定无力对抗。但要说体制是顺理成章的东西，那也是骗人的，是假的。体制是人们随意创造出来的，没有什么必然性。动物中不存在体制。与动物相比，人类是不完善的，所以才确立了体制。

据我看来，如今最敢于反抗体制的，是女人。也许是个体性差异的缘故吧，有的主妇红杏出墙，有的中年女人要离婚。我猜想，她们身上的生物性力量对体制大概已经不堪忍受了。

她们想离婚的理由是因为厌倦丈夫，这种最近流行的模式真是势不可挡。虽然我讨厌贸贸然去追赶社会或时代风潮之类的东西，但总觉得中年女人们的焦躁很有趣。首当其冲谴责体制的就是她们。

在这一点上，精力充沛的大叔和以女大学生为代表的阳光女孩们，倒像是为体制献身似的。阳光女孩们出卖身体，以此支撑体制。尽管与中年女人相比，我更喜欢阳光女孩，不过……

当然，靠肛交之类是不可能从体制中获得解脱的。

在体制中，陶醉地看着女人反翘小脚趾，这也不赖。但是，一旦忘记了体制的可怕，就只能跟地狱打交道去了。

国家、法律、风俗、宗教、习惯、家族、教育、就职、冠婚葬祭，无论其中哪一个，对“私生子”“情妇”“二奶”都不利。

是谁建立了这样的体制呢？不是权力者，而是我们的祖先。一旦放任不管，有力量的男人就会独占女人，所以我们的祖先把它与民主主义一起采用了。

呀，不说了。一谈到事情的本质，就会变得灰暗起来。

大岛渚的《感官世界》和今村昌平的《赤色杀意》，还有檀一雄的《火宅之人》和中上健次的《水之女》，尽管主题本质上很灰暗，却能够使我们产生勇气，因为这些作品歌颂了对抗体制的生命力。这些作品充分了解体制的可怕，又依然支撑着生命力，所以勇气就会自然而然地涌现出来。

艺术与娱乐的区别，其实就在这里。所谓“纯文学”，就是记载体制与生命力之间的抗争的类别。

体制能大致保证人身安全，但无聊、疲惫，又缺乏乐趣。

中年女人对体制感到焦虑，中年男人则相反，对体制感到疲软。

“你和我纯粹是玩玩的吧?”这是蹩脚剧本里经常出现的台词。这种话匪夷所思。

没有婚姻的性爱、恋爱，全都被当作玩玩（嘿，这种说法也是因为体制强大才产生的，说“玩玩”的人可以心安理得也挺好)。

玩玩，到底是什么？玩玩是游戏，是反浪漫吧。

以前在采访性色情服务业的时候，听说新大久保有一条“大叔街”，让我大吃一惊。傍晚从公司里下了班，大叔们都拥到那条街上去，阳光女孩们（“阳光女孩”这个称呼大概也是很过分的）也闻风而动汇集过来。双方躲在电线杆背后见面，一旦谈妥，就去咖啡馆接着交谈。说说话就结束了，其他什么都没有做，连握手也没有，当然也没有射精。

这是什么？

可悲啊。是在寻求浪漫吧，却也太窝囊了。

然而，想想看，如果只是为了射精的话，可以自己干，也可以和母鸡、老太婆、母狗、私娼、充气娃娃干。因此，作为雄性，我认为还是在追寻浪漫，希望获得对抗体制的浪漫。这是一种劣根性。

在这一点上，变态是伟大的。我不是变态——尽管不知道这是幸运还是不幸——但觉得变态是一种飞跃。

好像有个性受虐狂想成为植物人，真酷。听说还有性受虐狂喜欢被赤身裸体绑在宾馆的大堂里，酷极了。好像还有个剖腹狂，夫人是医生，就叫夫人把他的肚子剖开了再缝上。我真服了。据说还有粪便狂，为了吃屎，让自己的女人一个星期里只能吃水果。

到了这种地步，与其说是变态性爱，倒不如说是宗教了。

就没有办法不依靠宗教来对抗体制吗？

只能靠堕落。比如私奔。

我觉得这种想法已经成为时尚。这也不正是女人所期盼的吗？

前几天，我在银座的酒吧里遇见一位女演员。已经过了三十五岁，却还光彩照人。我和那位女演员谈到了私奔。女演员说：我想堕落啊！

抛弃一切，工作、父母、亲属、熟人、家庭、名誉，全都抛弃，只要男人，只要那个男人！我们两人一起去一个陌生的城镇，去一个绝对没有肯德基、麦当劳、丸井[1] 的城镇。这不会死的呀。两个人过平静的日子，不用向什么人说谎，也用不着请什么人祝福，这不是挺好？一无所求，就两个人悠悠然地生活……

我非常理解。就连我自己也很憧憬那样的生活。那样生活着

1　日本的大型连锁百货店。

的两个人是不会走向地狱的。这样的两个人受到惩罚，从体制方面来说，就是个教训。

和体制决一死战的人，必然会受到天国的欢迎。

美丑、出生、成长、命运，
这些都是才能的一部分

我观赏了市原悦子主演的电视剧，讲的是发生在猎男俱乐部的故事，就是家庭主妇养小白脸这种俗套内容。小白脸的角色是由金田贤一出演的。我敬佩市原悦子的演技，觉得她果然演得不错，所以一直看到最后。

市原悦子的丈夫角色是莱昂纳特熊扮演的。夫妇两人经过千辛万苦——拿指甲当灯点般的节约——最后开了一家小型超市。但是，稍有宽裕，一起拼杀过来的丈夫便去了台湾和新加坡渔猎女人。

市原悦子包养金田贤一。为了留住金田贤一这个有名的男妓，她从店里私吞三十万元钱，成为猎男俱乐部的正式会员。金田贤一求大公司专务董事的夫人帮他进公司，结果被出卖给了警察。上流社会拒绝丑闻，于是把板子打在弱者男妓身上。就是这样的套路。

在宾馆的房间里，警察闯进去的时候，市原悦子也在。市原悦子受到丈夫、家族、社会的谴责，但她没有屈服。她去金田贤一家拜访，受到冷遇，最后将金田贤一杀害。

“你不是说爱我吗?”市原悦子责问金田贤一。

“那纯粹只是工作。”

金田贤一这样回答，于是受到了夺命之灾。总之，市原悦子演得真棒。她的演技是颇有震撼力的。

但是，猎男俱乐部真的门庭若市吗？女人也想花钱买爱吗?

渔猎黑人的女孩子们认为，那是一种时尚。

撇开所爱的人是黑人这种情况不谈，真正贪图黑人阳具的女人，是有病的。我在佐世保[1]和福生[2]见到过很多那样的女人。黑人的东西的确长得可怕。然而，即便向参加过狂欢晚会的嬉皮士姑娘们进行问卷调查，回答有癫狂快感的人也只有一个。那个姑娘是第三代日裔美国人。她说，顶到深处的感觉真好。但是，这个姑娘患有偏爱拳头性交的那种真正的淫乱症，所以不能作为参考。

我不说日本女人的阴道是为了适合日本男人而生成的之类的怪话，但只要不是混血儿，我们就不能对东亚人的雌雄形态熟视无睹吧。东亚人的雌雄形态毕竟延续了近万年。

---

1 位于日本长崎县的市，村上龙的出生地，有美国海军基地。

2 东京的地名，有美军的横田基地。1970 年到 1972 年，村上龙在此度过了两年的放浪生活，其成名作《无限近似于透明的蓝》即描写此段生活。

喜欢黑人的女人，大多是混血儿，其余的大多有着破裂的家庭背景。她们肯定是在复仇。向什么复仇？当然是向体制。“家庭”这种体制已经遭到破坏，于是她们向其他发挥着压抑功能的体制进行复仇。

市原悦子的情况怎么样呢？她觉得自己的存在贱若粪土。没有人把她当作女人看。她大概并不是想要得到阳具。如果是的话，用振动按摩器就足够了。

“我不是花钱买性交啊。我是买心。”

还有这样的台词。要在电影里灌入这样的台词是举手之劳，而且对中年女性的危机意识之类的东西，我也不感兴趣。但是，这里面却有着某种真实。

那种东西真让人受不了。我已经郁闷到极点了。精神和勇气全部消逝。

在这世上还有像市原悦子（当然不是她本人）“养小白脸”之类让人的情绪如此低落的东西吗？是男人（即莱昂纳特熊）不好吗？别开玩笑。这事情分手就完了。分不了手？是因为缺乏才能。是因为缺乏一个人独自生活下去的才能。

这世上最春风得意的就是年轻女孩和大叔，而且是漂亮的年轻女孩和有钱的大叔。

贫穷，正如《金魂卷》里也提到的那样，是无药可救的。丑女，正如我常说的那样，也回天乏术。

这是怎么回事？只是因为大家开始注意到一种真相，即所有的一切全都是才能。脸蛋和身段的美丑，出生，成长，这些也都是才能的一部分。可以说，才能几乎与命运是同义词。

比如，说以下这种话的家伙屡见不鲜。

“嘿，说实话，我是想当画家的。我当然也有这方面的才能，可是我母亲老弱多病，所以我就只好继承家业了。”

这样的家伙就是没有才能。

长相过分恶劣而没能飞黄腾达的时装设计师大有人在，这是没有才能。有肝脏病而失意潦倒的商社职员，也是没有才能。

说自己的事很不好意思，我在酒馆里常常被人缠住，这种情况拍电影的时候最多，自然是因为我二十四岁就获得了芥川奖甚至还拍了电影的缘故。

那种时候，我会说，拍电影这种东西，想拍的话谁都能拍。这种话往往会激怒别人。

“芥川奖这样的东西，我在二十多岁时就轻而易举地摘入囊中了。资金投资以亿为单位的电影说拍就拍了，潜潜水，打打网球，一年中有六十天去南方的岛屿游玩，乘坐飞速的欧洲汽车，与无数个女人享受勾人魂魄的性爱直到腻味为止，没有这些玩乐，就写不出好小说。”

诸如此类的话，令那些纠缠者几乎要和我动起武来。实际上，喷气式飞机是必不可少的，还需要数千万台计算机、塔希提岛一带的岛屿、摄影棚和录音室，还不得不和戴安·莱恩亲热亲热。

西欧的小说家就在那么干。我也有惨不忍睹的遭遇呀！但是，那些事，我不想公开出来。

回到市原悦子养小白脸的话题上。市原悦子出演的家庭主妇尽管没有才能，却要追求爱。

没有才能的人没有资格追求爱。世界是严酷的。人人都会有一两个伤口，有的好了有的没好。现在这个时候，那些心灵滋润的家伙都是感觉迟钝的家伙。

有的人想让别人来疗治他的伤口，更过分的人还会强迫别人。市原悦子出演的主妇养小白脸就是这样的。她没有才能，所以无法为男人做什么，只能赠予金钱和物品。用不着等人类文化学家指出，我们就该知道：赠与等于胁迫。

不能和这样的女人来往。这种类型的女人不仅限于中年家庭主妇，所有的年龄层和阶层里都存在。当然男人里也不乏其人，但现在谈论的是女人，所以话题就局限在女人身上。

识别这种女人的方法包括：明明不懂诙谐却常常莫名其妙地笑，女性之间关系不十分默契却总喜欢凑在一起，对纯文学或古典表现出兴趣，对谁都表示出好感而内心非常傲慢。

算了算了，说了也是白说。即使是这种女人，也正儿八经地结婚了，正儿八经地生了孩子。去游乐园之类的地方，能看到很多这种类型的典型的丑女，还带着小屁孩散步。我越来越看不懂了。

毫无疑问，这种类型的女人反而出乎意外地顽强。

如果剥得赤身裸体也不能勃起的话，马上就把她扔了吧。

我们悲哀的男人们，就只有那样的招儿对抗了。

性爱需要的
是体力，不是爱

我在嬉皮士时代有个朋友，现在他经营着一家餐厅，名叫“狗仔队”。来“狗仔队”玩的三教九流各色人等都有。某名牌私立高中的老师说了件很有趣的事。

“狗仔队”是孤独者的圣地。那位老师常来，所以他也是个孤独者，对前途指导咨询之类的事情好像干得不太起劲。他是个好人。据他说，前途指导的个人咨询干得太认真了，对人的神经是有害的。因此，他聆听学生倾诉，在某种程度上说是作秀。据他说，仔细倾听的话，往往会发现学生总是反复使用某个特定词语。

比如，“自由”。

“我是自由的”“我必须自由”“我喜欢自由”“我自由地”，等等。

老师说，这样的学生恰恰离自由最远，他们只是憧憬自由。

因此，从使用最多的词语是什么这一点，自然可以明白那些学生最欠缺的是什么。

那就是“爱情”“才能”“浪漫”“幸福”和“希望”。

《PHP》杂志[1]里充满着上述这类词语。也就是说，一眼就可以看出《PHP》这本杂志是面向没有爱情、没有幸福、没有才能、没有希望的读者的。

不用说，作为雄性的男人之所以驱动性本能生存着，不是为了保存物种，而是为了保存自己个人的遗传因子。这是很自私的。因此，无能的雄性越多，对自己就越有利。

我这个人是很体贴别人的，所以才直言不讳。无论工作方面还是性方面，有谁会传授真正的诀窍？谁也不会说出实话来。

然而，不仅认真相信铃木健二[2]之流的烂糟糟的智慧，而且还照本宣科按图索骥的精神上的乡下人，好像还真有呢。

算了，这与我无关，所以不管怎么样都无关紧要。但是，如果认真相信铃木健二之流说的话，自己的种子可就留不下来了哦！

本文的小标题叫“男人和女人的和睦关系”，当然这是编辑部的人私自加上去的。

这一类的标题经常可以看到，它能为女性杂志和妇女杂志等所有杂志锦上添花，虽说森永、格力高的敲诈犯还在权力的新闻

---

1 日本松下公司所创立的 PHP 研究所旗下的励志类杂志，PHP 是英语 Peace and Happiness through Prosperity（通过繁荣实现和平与幸福）的缩写。

2 日本大学教授，著名学者，以励志类著作而闻名。

报道管制中战斗得挺漂亮[1]……这完全是闲中取乐。

大概是对和睦关系如饥似渴了吧。

“何谓性感的女人”之类的特辑也多如牛毛。有一时期，我一时兴起接受了《LEE》《With》和《时尚 COSMO》三家女性杂志的采访，主题全是“对男人来说，什么样的女人才算是性感的?”不约而同的是，对我进行采访的自由记者，都是清一色的正宗丑女。

（嘿嘿，这下许多女性自由撰稿人要与我为敌了。）

理所当然，使用“性感”之类词语的女人，不会是性感的。

前几天，我遇见了落合惠子[2]女士。这是一个很可爱的人。

和她的对谈刊登在那个《世界》上（不是《那个世界》，而是岩波书店发行的那个《世界》杂志），席间还提到了许多难以回答的话题，落合惠子女士微微一笑，就变成了一位普通的、很有品位的、可爱的女人。

那次对谈的主题是“战争与性爱”。这种话题，如果草率地下结论，便是无聊的陈词滥调，但如果要谈透谈深，即使谈上几天几夜也谈不完。一个匪夷所思的话题。

---

1 指 1984 年至 1985 年发生在日本的投毒事件。罪犯在数家食品公司生产的食品中投毒，并向警方寄出 63 封敲诈信，自称是“怪人二十一面相”，并索要一亿日元。森永和格力高公司也是受害公司。罪犯至今没有被查获，而且到 2000 年 2 月 13 日已过了法定的追捕时效。

2 日本当代女作家，著有小说《结婚前线》等。

在我的心里，毕生研究不透的主题已经有五个。那便是“死刑”“战争”“独裁者”“宗教”“性爱”。看到其中有两个在主题中出现，我便慌了，产生了混乱。

然而，关于“战争与性爱”，我已经有了一个结论。

那就是，“好的性爱可以防止战争”。请不要想得太复杂。因为这很单纯。

就算是不会做口交的可怜的读者，也至少有过一次感觉“真好啊”而想感谢上帝的性爱经历吧。是情欲和浪漫融合在一起的、最融洽的性爱。

经历过那样刻骨铭心的性爱以后，抚摸着女人的头发，还会想打仗吗?

用不着等劳伦兹博士[1]来指出，谁都知道，那种时候，攻击行为早已经不复存在。

因此，下面一个问题就是“好的性爱”的条件。要找出充要条件，这很难。但如果是必要条件，马上就能够明白了。

那就是“体力”，而不是“爱”。即使有爱，肝硬化发作时，谈何性爱？俗话说“如果有爱，年龄差别之类……”其实，这是“如果有体力……”的讹误。

稍稍拘泥于“爱”来看，有爱的性爱和没有爱的性爱，有多

---

1 奥地利科学家。因发现个体及社会性行为模式（比较行为动物学），与奥地利科学家弗里施、荷兰科学家廷伯根同获 1973 年诺贝尔生理学或医学奖。

大的不同呢？不难一眼看出这样一个简单的结论，即：性爱本身没有改变。但是，这不对。

如果把爱换成亲近感，那就不是好的性爱了，相反还会成为妨碍性爱的主要因素（乱伦禁忌的根本就是亲子、兄妹的亲近感）。

如果把爱换成自我牺牲，那便和易妻做爱的本质重叠了。就是说，两人之间的隐秘扩散了。

如果把爱换成独占、拥有，那就堕落到了农耕时代、资本主义的最底层。

但是，爱是融和着亲近感、自我牺牲、独占、拥有的。所谓“性爱的本质”，实际上反而离亲近感、自我牺牲、独占、拥有等最远。

这些东西，哪里顾得上呢！这就是性爱。

因此，爱对性爱本身来说，是起着负面作用的。

不要误会啊。所以，有爱的性爱才会常常燃烧。因为爱会在一瞬间反戈一击。

在陪浴店，不，在特殊浴场里，因为不存在爱，即便是赤身裸体，即便是舔来舔去，都始终能够保持着平静。这便是单纯的发泄。看着那个女人将亲近感、自我牺牲、独占、拥有都忘得一干二净，只是不停地喘息着，要获得这样的乐趣，就不能没有来自那个女人的、同时又是对那个女人的爱。

关于“体力”这一点，没有必要作解说了吧。禁烟不可能恢复体力。

这是才能的问题。

总之，没有才能的人才想打仗。

所有男人都是
消耗品（一）

在喝酒的地方看见女人在哭泣，会勾引起心中极大的兴趣。哭泣者如果是一个中年丑女，就没有比这更丢丑的事了。要是让希姆莱[1]看见了，会想马上枪毙她。

漂亮的女人为什么这样占便宜呢？无论哭泣还是发火，都会得到宽容。

发火，就更明显了。丑女发火没有效果，大家都只会笑。如果还不肯罢休，就遭人嫌了。

漂亮女人真是可怕。这世界净是不公平。

话题再回到那个哭泣的女人身上。那件事发生在我和我的朋友、朋友的恋人三个人在青山一家大酒吧里的时候。那家店里的牛排很好吃。我的朋友和他的恋人正情绪激动地闹分手。

朋友是一个极其开朗的家伙，他原打算高高兴兴分手的，不

---

1 纳粹德国第三号头目、党卫军首领。他视同性恋者为低等的“外族”，曾提议将德国同性恋者杀绝。

料事情并没那么顺利。本来就不可能顺利。女朋友那边开始哭泣。

这个女朋友因为很可爱，所以周围的客人都投来颇有善意的目光。我的朋友也许是因为被人觉得“你这个可恶的家伙，竟然把那么可爱的女孩子惹哭了”而有点得意，也许是因为只是感到害羞，他始终微笑着。

“喏，我绝不是不爱你，也不是感到疲惫了。考虑到你的幸福，我觉得我们现在还是分手的好。”

朋友信口说着诸如此类不痛不痒的话。这时，这家酒店引以为豪的牛排端上来了。女朋友哭着吃了牛排。她吃了两块，把头转向我，说出这样一句话。

“真香，阿龙，这牛排真的很好吃。你趁热吃了。”

她是两眼还噙着泪水说的。我默然了。我的朋友也说不出话。

女人的眼泪是真的。无疑，她是悲痛至极。

那时，我们推测，她应该会咽不下去吧？……不料，她咽下去了，还说“真香”。无论在什么时候，女人都要吃牛排。这样的女人，男人不可能搞定她。

实际上，女人说“真香”以后，我的朋友哑然失声，停止了笑。他也是个非常机灵的家伙，大概马上就认输了吧。

以前乡裕美唱过“你这个人真是……你这个人简直……”，真像歌中唱的那样。

在古代如战国时期[1]，夫人追随城堡失守、人马溃败的主君身后自刎，常在影视剧里成为美谈。但是，那样的事肯定是无稽之谈。实际上主君也许拥有好几个那样的夫人，她们被杀害自己主君的男人收为新妻的情况无疑比比皆是。那种事早就习以为常了。一边吃着牛排一边哭着说“真香”的女人们，一瞬间就会接受主君战死的现实，跟着别的男人跑了。

我似乎听到有人在说：“这正是女人的软弱呀!”胡说。哪里是软弱？这不是强悍吗？

我们常常可以看到母子受伤后一起乱窜乱跑的反战照片，配的是“战争对女人和孩子来说是最悲惨的”这样的解说词。奇怪。那意思是说“后方也很悲惨”吧。还有，像印度支那[2]那样全部土地都沦为战场的国家里，女人和孩子也牺牲了很多，这是事实。

但是，想一想吧，军队就是男人。军队是最大的消耗品，军队是男性的。后方也很悲惨，尤其是打败仗，还有空袭，我觉得也很残忍。但还是男人更悲惨。

看看第一次战后派[3]那些悲惨的作品吧。男人是更悲惨的。

前几天吃河豚鱼，隔壁餐桌上坐着两位五十岁出头、估计是搞管理的男士。他们在交谈。

---

1 日本15至16世纪的战乱时代。

2 中南半岛的地域，狭义指原法属印度支那，即越南、柬埔寨、老挝三国。

3 日本在二战结束后出现的作家群，作品以反映和反思战争为主要内容。

"某某先生离婚了，你知道吗？"

"啊，知道，上个星期我见过他，变老了。"

"是呀，无精打采的，说什么'想去死'。真急死人。"

"是那女的太厉害了。"

"你说得没错。不过，两人确实没法儿比啊。单身上了年纪以后，如果是个老奶奶，大家都会去探望她，但如果是单身男人，谁都不会去探望，真让人郁闷。是那么回事吧？"

就是这么回事。我再三说："男人是消耗品。"无论在什么样的社会里，女人都会受到珍惜。

等到依靠高科技的进步造出了人工子宫，人类大概会产生变化吧？但那时也许人类也就不再是人类了。

成为消耗品的男人怎么办才好呢？

有办法战胜女人吗？

这个答案，就是全人类所有的历史。

艺术、经济、政治、宗教、法律、文学、建筑，这些历史，就是男人们"对母性的反叛"。

靠这些，能战胜女人吗？

不能战胜。

女大学生气焰嚣张，这是不言而喻的。和平持续的时间越长，女人就越是飞扬跋扈。总有一天所有的女人都能做到经济自立，有组织的劳动者，也就是现代的奴隶们会被机器人夺走职业。这样的日子一旦到来，一夫一妻制无疑就会崩溃。

女人们将会更真实地生活。

她们大概不屑去霸占无能的丈夫，而会心安理得地炫耀自己已经有了第几个英俊男人，会觉得还是做那样的女人好。

到了那个时候，无能的男人们也许会渴望发动战争吧。

我说的“无能的男人们”，不是指政治家或军人，而是指现在正在读着这篇文章的读者诸君——你呀！

那么，一夫多妻制会给男人带来幸福吗？

在宾馆的酒吧里，我曾经和一位沙特的空军军官交谈。

“日本女人真好。”他说。

据说，他有开发油井的特权，资产有几百个亿，多到连他自己都弄不清。日本女人真好，这是意料之中的。据某项调查，日本女人在世界上的人气占第一位。该项调查又称，日本男人占第二十七位。

“我在寻找日本女人呀！我还只有三个妻子，第四个一定考虑日本人。”

“是吗？沙特可以娶四个妻子呀。”

“是啊。你羡慕？”

我摇了摇头。我觉得，一个都无力招架，四个只能投降了。

“如果有四个妻子，那就只能投降了吧？”

空军军官苦笑着点点头。

无论四个，还是七个，或是一百个，结果都是一样的。

体制里没有意义。如果想要得到快乐，就只有冒风险站到体制外面去。

所有男人都是消耗品（二）

才能是没有理由的。没有才能的家伙才希望找到理由。

因为是私生子……

因为父母实施了英才教育……

因为是艺术家的后代……

因为是战后出生的……

什么理由都可以。但想把它们视作特殊情况，那就不对了。

没有才能的家伙还会别出心裁地利用其他各种谎言行骗。

明明知道自己以前的学习成绩提起来会无地自容，却偏偏硬逼着孩子进名牌学校的父母们……算了，也许不能这样指责他们。有时我也真想鼓励鼓励那样的父母，因为他们太可悲了。

名著《金魂卷》的作者渡边和博也说过，采访穷人多了，轻蔑的笑容会从他的脸上消失，胸中涌现的是愤懑和悲哀。

我现在住的地方是东急集团开发的一大片新兴住宅区。“开发”为那些开发商带来了成功，于是这些靠土地致富的家伙天真地以为这些成功是因为自己有才能。

我这个人是很好说话的，所以我同意将外部主要因素算在才能的范畴里。从大的范围来说，日本经济的发展也是借了冷战这个世界格局的光；从小的范围来说，我的处女作能大受欢迎，大概是因为社会期待年轻的新人作家出现。

然而，令人困惑的是，明显靠着外部因素赚取金钱的人，却怎么也看不出有丝毫快乐。

恰恰就是这些人，极度地眼红别人，想在才能中寻找理由。他们的信条是忍耐和努力。他们讨厌麦肯罗，喜欢阿信。才能确实要求一定程度的努力，但光靠努力是不能孕育才能的。

无论是文学、艺术，还是生物技术，最需要的是金钱和时间的浪费。金钱和时间都不浪费的时候，头脑里不会涌现出创意，出现的充其量是些不足挂齿的生活小智慧。

写《纤弱之花日本：分析和警告》一书的布热津斯基[1]指出，日本的社会构造和思考方式，不适合革命性加创造性的研究开发。

布热津斯基认为，非集中化推进到相当的程度，容忍高风险，认可非正统的思考方式，还有年轻科学家和经营者拥有很大的权威和自由裁量权，这些都是革命性加创造性研究开发的条件。日本没有这样的条件。

1　美国前总统卡特的国家安全事务助理。

不过，我为什么要说这些事呢？本文应该写关于男人和女人的和睦关系。我要写的话题产生了混乱。

我现在一定是在焦虑了。

堂而皇之的谎言触目皆是，我对此感到焦虑。那种谎言不是接吻导致怀孕、手淫有害健康之类幼稚可爱的东西。

比如，我想对逼孩子参与升学竞争的父母这样说：

“你想一想吧，你不是从东大毕业的吧？你夫人也不是。DNA 你知道吗？因为这已经决定了呀！孩子真可怜。”

于是，对方肯定会还我以如此回答：

“那是因为我们不喜欢读书啊。是因为我们没有好好读书啊。如果好好读书的话，现在就大不一样了，所以对孩子……”

我只能保持沉默了。

不说了不说了，这些混账家伙就别管他们了，为这些家伙瞎起劲是浪费时间。我心安理得地浪费时间，是我提不起精神来的证据（如果向他们念叨起人生训条的话，那些家伙就无药可救了）。男人和女人的问题，是那个男人、那个女人的问题，跟“关系”无关，这我知道。所以，我的目光不知不觉地移到了现在的奴隶们身上。

原本就没有什么“关系”，要花招只能通行一次。虽说如果自己的能量水平低，与女人也只能处在低水平的关系上……

奴隶没有资格游离到体制之外谈什么恋爱。

接下来，我要从文学的角度彻底地作一番解释。

男人为什么要追逐女人？因为有性欲？不是。人类早已经失去了纯粹的性欲。

狗的身上就还有。无论是碰到人的手还是小雄狗、猫，狗就扭着腰想射精。这是性欲。人类的雄性追逐雌性，不仅仅是想射精。如果是那样的话，可以去找私娼，也可以找充气娃娃，或是母羊，什么都可以。

我一直在说的“浪漫”，其实就是自我确认。

是自己确认自己。

如果请三浦雅士[1]来说，就是这样的：

“要确认我就是我，首先是将我看作是另一个人，然后再把那另一个人看作是我。”（摘自《忧郁症的水脉》）

这算什么傻话？——在这么想之前，我希望你先想象一下下面的例子。

所有认识你的脸、知道你名字和职业的人，某一天突然都对你这么说：

“我不知道有你这么个人。”

母亲、父亲、妻子、孩子、恋人、同事、朋友、上司、处熟了的小饭馆老板娘、经常去就诊的牙科医生，如果所有认识你的

1　日本文学评论家，1946 年出生。

人都对你这么说的话，你就多半不知道自己是谁了吧。

反过来说，这些“他人”支撑着你的自我确认。

漂亮女人把身上的衣服、自尊、廉耻等所有的一切全都扔掉，说“我喜欢你啊”。

这样的自我确认棒极了。这世界上再也找不到比这更棒的自我确认了。那个女人接受你所有的一切：名字、职业、脸蛋、肉体，甚至性器官，甚至精液。能够从漂亮女人那里得到自我确认，是最愉快的。就算当总统、获得诺贝尔奖、在奥运会上拿金牌……不，就算获得名誉、金钱、权力所有这些，也无法让男人得到那种自我确认所能带来的满足，那种自我确认才是男人追求的东西。

埃德温·摩西[1] 被逮捕了。这件事在酒馆里喝酒时成了大家议论的话题。我和一些著名的音乐家、著名的电影制片人、著名的摄影家在一起，当然全都是男性。

“肯定是个阴谋。”

“莫西斯树敌太多。”

“像他那样的男人，不会去嫖落魄的妓女。”

“是啊。落魄的妓女全都又老又丑。”

“连我都不嫖呀。”

---

1 美国著名田径运动员（1955— ），前400米栏世界纪录保持者。

所有在场的人都赞成“阴谋”一说。但沉默片刻之后，“不过……”我喃喃地说，“大家都说是那样的啊。”所有的人都异口同声地说“真闹不明白。”然后大笑起来。

男人无论多么伟大，都有可能嫖最下等的妓女。大家都会有寂寞得可怕的夜晚。

女性也会有这样的时候吧？

我弄不明白，也不太想去弄明白。

年轻美貌的女人
你绝对跟不上趟

我从很久以前起就不喜欢随笔，写不好是原因之一。我也不觉得自己很擅长写小说，但有时会下决心写好。写作这件事，对我来说一直是非日常性的事情。将写作作为日常生活的作家和随笔家，死后全得下地狱。

放债亦然。靠通货和语言等幻想的产物赚钱的人，不可能去天国。放债算是有风险的，还好一些……

小说家有时候，不，是经常心安理得地窃取别人宝贵的经历去赚取酬金。这是一种黑心的买卖。如果将它当作日常生活，上帝肯定不会宽恕的。随笔就更黑心了。

我现在一边在说三道四，一边又称自己是“写作机器”，正在连载的就有七本书，其中三本就是随笔。尽管我像机器一样在写，但写作对我而言依然是非日常性的，我现在想要说的不是这个，而是“说教”的问题。我正在连载的随笔多达三本，精力不济时也会犯犯“说教”这种低级的错误。

爱“说教”的人，除了伟大的宗教家之外，全都是破烂货。看看历史就一目了然，伟大的宗教家一个世纪还不到一个人，可以说，剩下的爱说教的家伙全都是破烂货。

不去管别人的事情，只顾追求自己的快乐：这是实现人类和平的惟一道路。

在开始说教的一瞬间，人们都变成了铃木健二。说教，是丑陋的。

我还比较年轻，所以常常在酒馆等场所聆听前辈小说家的说教。

当事人也许是想提提“忠告”，但忠告和说教，我都不爱听。尽管讨厌，但我决不会去殴打那些年老的作家。我很喜欢暴力，但讨厌殴打老年人、孩子和女人。我是在父母的宠爱下长大的，所以对弱者，我是同情的。我不知道这是好事还是坏事。

①“村上，年轻时不能来银座这种地方喝酒啊。来这样的地方，人会堕落的。”

②“村上，不能靠别人的钱喝酒啊。只有掏自己的腰包去玩，才会明事理。”

说教大体上都是这类货色。多无聊。好吧，我顺便来说说老年人的坏话。

某人以为银座的俱乐部是另类的场所，所以说了一通前面①的话。其实也不是什么另类的场所，好女人其他地方也俯拾皆是，只是银座的俱乐部治安很好，所以费用就昂贵。

前面②的话也常常可以听到，不限于这个“某人”。这人一定是相信“通货”这个体制。别人请客，我丝毫感觉不到自卑；请别人客，我也不会产生任何优越感。然而，“礼貌”这个东西还是有的，所以让个人掏腰包请客，我会感到不好意思。虽然不好意思，但我相信我还是有相应的价值的，于是就心安理得。

显然，如果是企业请客，就不会有丝毫的不好意思。比如，电通[1]几乎没有交际费，所以电通的员工就要自掏腰包来请我客。然而，我丝毫也没有不好意思。因为电通的员工还是借了电通的威望来请我客的。

但是，某家唱片公司的社长（他是我两部电影的出资制片人）请我客的时候，即使他非常富有，我也极端地诚惶诚恐。我有时会感到尽让他赔钱，真对不起，这是因为他与我交往常常是以个人的名义。

对于不借任何威望来请我客的男人，我会过意不去，下一次要请还他，但我基本上不相信“通货”这个体制。并不是“通货”本身没有力量。我非常懂得“通货”在平时几乎代表了一切力量，但表现者的意识形态在于“炼金术”，而不是通货。

话题偏离“说教”很远了。

---

1 日本的大型广告公司。

还是说说女人吧。能振奋精神的，不管怎么说总是女人。除了女人和户外运动之外，没有快乐。

文学和艺术怎么样？的确也有令人震撼的东西，成本也很低，但也只有成本低的部分，是适合我这个年轻人和那个“某人”的。

还是谈谈女人。刚才我提到银座俱乐部的事，也有前辈作家劝我说：“趁着年轻在银座喝喝酒。”

说这话的是某位“那条道上的大家”。即使说出他的名字，也没有什么难堪的，但在随笔里不随便点出其他作家的名字，这是我的准则（有人说我经常提到中上健次，这个人我很喜欢，所以另当别论），因此我只说是一位超级有名的作家。

“村上，在银座喝酒，越年轻越好啊。和打高尔夫球作个比较吧。球场使用费，无论你十八岁还是八十岁，都是一样的。但银座的女人却不同。如果你才十几岁和二十几岁，有时倒过来还能得到些什么，和女人交往可以什么都不用想。到了三十多岁，就不得不稍微考虑一下，吃饭当然要掏钱，生日时手镯总要买一个吧。四十多岁，这时候就有些微妙了，开始留意橱窗里香奈尔套装的标价。五十多岁，到了这个时候，头脑里会掠过汽车、服装、宝石。六十多岁需要公寓，七十多岁几乎需要整幢别墅……

“怎么样？女人这个东西和球场使用费是全然不同的吧。”

这样的话很到位。和前面说的“说教”，有很大的区别吧？

临时改变一下话题，现在 FEN[1] 正在播放比利·乔尔的《陌生人》。在这首曲子里，我有一段回忆。是美好的回忆。

在导演《无限近似于透明的蓝》[2] 这部电影时，我非常喜欢出演茂子、阿桂、玲子这三个嬉皮士姑娘角色的女演员。当时，三个人都没有出名（现在也没有出名），二十三岁，很漂亮。没有什么男人会不喜欢她们吧？

摄影和后期录音全部结束的那天夜里，我带着她们三个人吃北京烤鸭，然后去了“米斯提[3]”这家现在已经没有了的爵士俱乐部。三个人都非常高兴，说“不想回家了”，于是大家一起拥到其中一人的家里。

在 SunChain[4] 买了宵夜带回来吃，然后又七嘴八舌地吵嚷着怎样睡，最后只让我一个人睡在豪华的小型双人床上。关了灯，大家开了一通“一起袭击导演”之类的快乐玩笑之后，身为住宅主人的那个女孩子就把《陌生人》放在唱盘上。我对大门和滚石两个乐队非常熟悉，但不知道比利·乔尔。这是一首好曲子啊，我说。

“听着这首曲子睡觉，能睡得很香。”一个女孩子说。

---

1 远东美军广播网。

2 村上龙的处女作，1976 年发表，获第 75 届芥川奖。

3 英语，意为“迷雾”。

4 日本创立于 1976 年的连锁便利店。

“这是比利·乔尔呀。”另一个女孩子告诉我。

“村上，你落伍啦。”再一个女孩子说道。

大家都笑了。从那天起，我对年龄比我小的女人也开始感兴趣了。

后来，我在箱根的网球场，和其中的一位又见面了。她已经成了青年实业家的夫人。我用口哨吹着《陌生人》的前奏曲，她微笑着在我的耳边嘀咕：“那个时候最最开心了。”

“现在呢?”我问。

“现在也最开心呀!”她回答。

年轻美貌的女人你是跟不上趟的。没法像她们那样生活。她们绝对不可战胜。对这个事实，我不会感觉到厌恶，而是欣赏着她们，乐在其中。

我讨厌
勾引有夫之妇

对于勾引有夫之妇，我感到非常恶心。

原因不太清楚，但和讨厌咖喱饭有些不一样，所以我想分析一下，试着得出些结论。

人们常说的“一盗二婢[1]”这句话，我很理解。

别人的东西，无论是草坪还是米饭，都是随处可见的东西。

那种欲望，发端于何处呢？

动物里没有一盗二婢这种道德上的背叛，强壮的雄性霸占所有的雌性。无论香蕉还是蜂蜜，哪怕是肝脏，只要想吃，头领可以全部独吞。

在如此泾渭分明的世界里，没有一盗二婢的价值评判标准。那么，几千年前的古代专制社会又是怎么样的呢？

大王支配着数千名女人。

---

1 完整的说法是“一盗二婢三妾四妓五妻”。

尽管如此，一旦遇上稍有姿色的女人，他肯定还是朝思暮想着要弄到手。

大王没法弄到手的女人，比如掌管宗教仪式的女巫、其他大王的妃子等，大王肯定在想入非非：“嗯……我想要。”也就是说，在产生“道德体制”的一瞬间，惟独脱离的行为，才会引起快乐。

束缚着我们的各种“体制”，是在农耕社会建立时萌芽的。

人类一边开始农耕，一边为自己明知是堕落却又难以抑制而深深感悲痛的时候，就需要“幻想体制”。

然而，我讨厌勾引有夫之妇，并不是出自那种道貌岸然的因素。

没有抛弃家庭的打算，也不会沉湎在兴奋剂或酒精中不可自拔，人又伶俐——这样的有夫之妇，也许是男人寻花问柳的绝好目标。

她们能够保守秘密，又会摆弄性感。在倍感无聊的日常生活中，她们的欲求不断加深。

可是，我讨厌。希望读者诸君不要误解，我不是讨厌有夫之妇。有夫之妇里面到处都是优秀女性。我的自制力还不会强到这样的程度：对方是优秀女人，在宾馆的酒吧邂逅，发展到“呃，想去房间里两个人喝喝酒”这样的火候，干杯和淋浴后已经“啪啦”一下脱去了浴巾，可因为她坦白说“我其实是有丈夫的”，我马上就道歉说“呀！算了，到此为止”。

我讨厌的是，明知道对方是有夫之妇，却还勾引她。

我不想说女人进入家庭后就应该一门心思做个贤妻。

我也决不会说不要做没有爱情的性交。爱情只是传说。

那么，我为什么不勾引有夫之妇呢？

我的头脑里漫无头绪，怎么也寻找不出具有说服力的答案。

用实例来作解释吧。

那是在纽约。我在华尔道夫饭店的大堂里遇到了一位穿着羊绒外套、比我大两岁的日本女性。她是业界有名的职业女性。

我们一起听了乔·帕斯，观赏了音乐剧《歌舞线上》的首演，吃了从缅因州直送过来的龙虾，就这样在纽约度过了休息天。

回国以后，我们也见过几次面。

一天夜里，她对我说，有位男子向她求婚。

唱到《通宵舞》的第三段，我想起那天夜里的事，胸口阵阵抽紧。

结果，她结婚了。

那以后，我们有一年没有联络。

在一次酒会上，我们又见面了。讲起纽约的时候，我们都情绪高涨。我们溜出酒会，去宾馆的酒吧里喝香槟。

我们吃了记忆中的龙虾，向乐队点播了回忆中的《身体和心灵》，一边哼唱着《歌舞线上》的结尾曲，一边搂着肩膀跳舞。我们醉得东摇西晃，仿佛回到了一年之前，一起走进了我的房间里。

她坐在床的一端，对我说，要和你亲热是很简单的事情，但我爱着他，所以我们还是到此为止吧。

我想，这是多么好的女人啊。人类没有发情期，所以任何时候都有欲望，任何时候都可以做爱。

然而，我常常会这样想：

说男人总是挺立着，女人总是湿润着，这是错误的。

不要说得好听！你会在心里这么指责我吧？你会嘲笑我只是因为心有余而力不足吧？

但是，那个时候，她散发着光芒。只是这一点，我没有说谎。

我并没有觉得她的丈夫很值得羡慕。她的丈夫，与我没有任何关系。

她顺从体制，所以她并不伟大。不，实际上也许谈不上什么伟大，只是没有勇气而已。

然而，那些事与我无关。能够与这么好的女人交往，尽管时间短暂，我却觉得这是一种福气。

所谓“感动的本质”，充其量就是那样的东西。所有的人都随意地生活着，别人的某种情感和表现一旦触及自己的心弦，就会产生感动。

我为什么感动了呢？

不论男人还是女人，我讨厌利用体制狡诈地生活着的人。

利用体制算不上结婚欺诈。只是些机关算尽然后结婚的女人们。

不讲啦。

我越来越糊涂了。“没有爱的婚姻是荒漠”这样的话，我差点儿脱口而出。我感到害怕。这一回究竟怎么样了？是累了吧。

我非常清楚自己没有丝毫的道德感，所以也许只是装作伶牙俐齿的模样，说什么“我只是讨厌勾引有夫之妇”之类的话。

换个话题吧？

如果有个有夫之妇扭扭捏捏，那就索性给她点兴奋剂，教她肛交——还是这样写吧，这样写你总该高兴了吧？

“地球的资源是有限的”这样一类生态学家的话是很没趣的。同样，说“淫乱是有限度的”之类的话，也很让人感到乏味。这是肯定的。

可我还是没有说出为什么极其讨厌勾引有夫之妇。就算我决心不勾引有夫之妇，也不能实现世界和平吧。

我会不会潜伏着一种恋母情结，希望女性不要摆出一副柔软婀娜的模样，而应该毅然决然呢？

听到“渔猎有夫之妇”之类的话，我总会觉得十分刺耳，我尽管没有道德感，但我的自尊也会产生拒绝反应。

我从读小学的时候起就不喜欢偷别人的东西。

不过，我喜欢接受。

算了，说出这种话，不就是一个地道的伪善者吗？……

总之，只要是有夫之妇，我弃权。

读者诸君，你请便。

女人没有
和很多男人做爱
的义务，我很羡慕

上次我写了“不勾引有夫之妇”，我无法完整地说清其中的原因。

《网球公子的忧郁》[1] 中有一个像肥猪一样、留着长发的同性恋厨师。我对那个厨师的人物原型、平淡无奇的中年人说起这样的话，他对我说：“那是因为你犯不着向有夫之妇伸手，你已经够满足了。”

此话差矣。要问为什么，那是因为男人纵然有一千个情妇，也绝对不会满足的。

所罗门大王有七百名妻子和三百名妾，却还要追逐别人的女儿。

这不是我不勾引有夫之妇的理由。

男人的视角、愿望，无须赘述，那是一种“故事”；不言而

---

1 村上龙的长篇小说。

喻，那是一种幻想。

所谓的“故事”是什么？也可以说是剧本，只是在纯粹的生物学上的本能中加入形式而已。

比如，对嫂子实施侵犯，对穿着丧服的女人实施侵犯，对办公室里的女白领实施侵犯，这样的故事可以信手拈来。

大致是类型化的。

交媾是连猴子、猪、山羊都做的事情，想在这样的交媾中制造故事的，准是男人。

作为其故事之一，应该有“有夫之妇篇”。但勾引有夫之妇，我依然不能苟同。

理由我明白了。

我是希望自己能够相信女人。

我要信赖的，不是遵守体制的女人，而是作为物种有着某种顽强的女人。

女人希望过安定的生活。我认为慕男狂、色情狂那样的花心女人是极少数。

与文化中心、高尔夫、游泳训练处于同一条水平线上的，还有出轨、卖淫、酒精中毒，的的确确。

我当然不会劝别人“不要花心”。别人的事，我管不着。

我只是想说明一下我不勾引有夫之妇的理由。

动物有发情期。在几百万年之前，人类肯定也是有的。我想说的，不是关于发情期，而是关于非发情期。

我曾经在一个狗棚里看见一条雄性牧羊犬与一条没有发情的雌性丹麦种大猎犬对抗，结果雄犬被咬死。我希望人类的女性也能有那条丹麦种大猎犬那样的强悍。

在性方面，女人有一个男人就应该足够了。

这不是作为道德问题才这么说的，而是作为物种的问题。

正因为有一个人就足够了，所以如果那个男人死亡的话，女人就有可能马上换上另一个男人。这就是强悍。

有人会说，与想和许多女人做爱的男人相比，这对女人一方是不公平的。说这种话的女人是笨蛋，应该枪毙。

不是不公平。

男人需要很多女人，所以男人很弱。这就是男人的弱点。

要实现欲望，就需要大量的能量。作为我来说，我怨恨上帝。我怨恨让男人具备即使拥有足够多的好女人也还想和其他好女人做爱这种宿命性欲望的上帝。

如果只靠一个女人就能够永远满足的话，那该是多么的快乐。

然而，那是乌贼的睾丸。

保存物种的本能不允许男人只靠一个女人就满足。

适合物种保存的、能量充裕的男人，有义务与很多女人做爱。

这是上帝创造的义务。

而女人没有那样的义务。

人类的女人废除了发情期，将毛从身体上褪去，让乳房和臀部发达起来，发明了性高潮。

有性高潮是求之不得的，但如果没有，也不是不能活下去。然而，如果没有男人的“砰砰”，人类无疑就会灭绝。

性高潮至上主义好像是男人任意制造的。

我越说越乱了。

那已经是很久以前的事了。对，是我还只有十几岁的时候，地点是在福生。

我和外国人酒吧的老板娘认识了。她是朝鲜人，记得快三十岁了，人长得很漂亮，非常喜欢喝酒和吸大麻。

在门可罗雀的酒吧里，她啪嗒啪嗒地吸着大麻，邀请我去她家里玩。

她家里养着猫。老板娘一边说没有材料做不好，一边还是为我做了有焦痕的韩式拌饭。韩式拌饭与大麻很相融，泡菜与大麻不相融。

我们听了奥蒂斯·雷丁、山姆·库克、威尔逊·皮克特[1]。

老板娘让我住下。

双人床上铺着圣罗兰的毛毯，散发着令人愉悦的香味和黑人大兵的体味。

1　上述三人均为活跃在 20 世纪下半叶的美国黑人歌手。

我们什么也没有做。

“小孩。”老板娘对我说。

“小孩，女人吧，不一定总是湿润的呀!”老板娘毅然决然地这么说道。我领会了。

结婚这种体制强大而有力，但这本身既没有价值，也没有意义。

过分亲密就会失去性冲动。那是因为性冲动里包含着攻击的本能。

希望女人们保持能够煽起男人攻击本能的美。

希望她们能毅然决然。

她们本来就很强大，我希望她们不要陷入性高潮主义不可自拔。

即使指责她们“如果要搔首弄姿的话，就不要结什么婚”，也是枉然的。女人中漂亮而又聪明的不太多，这一点跟男人一样。

满目都是没有妥协就活不下去的又丑又傻的女人。

还是不应该去勾引那样的傻子，但愚笨而又可怜的男人何其多也，所以这也是无可奈何之事。

反正我是不会去勾引有夫之妇的。

我自己也不可能永远永远地挺立着。

有夫之妇在体制中疲惫、厌倦。

她们当然希望在更广泛的事情上寻找快乐，而不仅仅局限在丈夫和孩子的身上。就是说，她们希望在各种事情上进一步确认自己。

勾引那么无聊而又倍感疲惫的有夫之妇，男人真的是废了。

男人真的废了的时候，就是人类不成其为人类的时候。

我无端地生起气来。

就写到这里。

日本是太平的呀。

最优秀的情妇要的
不是金钱，而是自尊

上篇和上上篇，我都提到了有夫之妇。我说我决不会去勾引有夫之妇。

我发现最近这两年，我在随笔和采访中反复强调着一句话：“女人是不可战胜的。”

总觉得有点腻味了。

尽管腻味，但“女人是不可战胜的”这一事实却不会发生逆转。

“男人味”这个东西在发生着变化——那些丝毫没有男人味的人常常在这样写。

“约翰·韦恩[1]已经死了”那种调调，对美国的事情如数家珍的家伙，常常这样写。甚至，我觉得像川本三郎[2]那样的人也

1 美国西部片演员（1907—1979）。成名作是1939年在美国上映的《关山飞渡》，由此确立了自己西部片明星的地位，成为“美国精神”的化身。

2 日本文学评论家，1944年出生。

在写。

他们指责男同性恋者增加和离婚率大幅度上升这一现象，怪罪其根源来自越南战争的失败等等。

我想，这样不费吹灰之力就把“男人味”一笔抹杀，那还了得？但我已经产生不了批评川本三郎之流的心情了。

因为光是想一想“要批评”，我就会感到一种莫名的疲劳。

“男人味”之类的东西，不过是一种幻想，这从腊玛古猿[1]的时候起就已经很明显了。

这些道理，我是懂的。

就是说，存在着这样一种状况：男人需要作为幻想的男人味。

社会上的人们常常提起“男人味”这个词，但它的本质是什么呢？

作为幻想的男人味的本质，与确认“雌性作为物种处于劣势的处境”直接有关。

正如我反复强调的那样，男人是消耗品。去进行战争，并不是因为什么男人有勇气，而是因为男人如果能够留下点什么，就死也瞑目了。

承认这一点，就是男人味。

默默地去战场。

1　1932 年在印度发现的灵长类化石，被认为是类人猿的祖先。

挺起胸膛保护女人和孩子。

跟随在主君的身后切腹自杀。

即使寡不敌众也要挺起胸膛勇往直前。

掩饰着伤痛，面带笑容。

独占自己喜欢的女人，鞭策女人，又为了那个女人抽身而退。

身处绝境，但决不投降。

等等，等等。

这些事情，最近好像成了令人发笑的对象。

是男人觉醒了吧？

是觉悟到与其接受死亡还不如贪图女色来得实惠吧？

近来男人之所以故意扮演着滑稽的角色，是因为管理上的压力加重了——这话羞于启齿，但也是事实。

然而，与滑稽角色相比，我还是喜欢变态性欲者。

我又越说越乱了，大概是因为在考虑什么男人，所以说不好。男人本能地觉得“男人只要有自己一个就足够了”，却还保持着珍惜男性朋友的性癖。

男人之间的友情是作为消耗品的友情，说这样的话会令人忍不住喷饭，但其中却有着难以舍弃的魅力。作为消耗品的友情如果朝着某个方向发展，就会成为男同性恋者……我这到底是在说什么？

一言而蔽之，我喜欢消耗品男人之间的友情。

而且，这与“不勾引有夫之妇”也有关系。

有个男人不知道自己有没有爱，却为了那个女人去赚钱，如果这就是有夫之妇的定义的话，那么勾引那个有夫之妇，不就理所当然地有悖于消耗品男人之间的友情吗?

我从老早起就对夺朋友之妻不感兴趣。何况女人也到处皆是。

现在，我正在为某本小说杂志写标题为《快跑，高桥!》的连作短篇[1]。

高桥，就是广岛鲤鱼棒球队的选手高桥庆彦。写到第八个短篇时，我突然发现了。

小说中出现了各种各样的男性主人公：高中生，原戴维斯杯网球锦标赛的替补选手，身陷离婚纠纷中的电视节目编导，人到中年的俊男模特儿，男妓，只想找女模特儿打一枪的摄影师，二十岁的杀人犯……这些男人都忧郁而懦弱得可笑。

我不是有意识这样写过来的，但是小说中的男人千篇一律地疲软，失去了目标，有很深的自我嫌恶感，对将来没有任何期望，而且被女人践踏。

我感到吃惊，因为如果我自己身上没有那些现象，就不会写那样的作品。

我被女人践踏了吗?

1　各篇之间有一定联系，但均可独立成篇的连载短篇小说。

一定是被践踏了。

这件事本身谈不上什么可耻。不被女人践踏的家伙，但愿他们赶快成为神秘主义者。

我觉得重要的是，千万不要成为“不被女人践踏就活不下去”的男人。

要做到这一点，意外地难。

几乎找不出什么对策。

在这里，尽管有些老套，但我还是想提一个词，就是“自尊”。

提起“自尊”这个词，真有一种不由得脸上发烧而马上想缩回去的感觉，但没有办法，找不到其他更合适的词了。

恐怕，自尊会受到拷问。

在解决饥饿、远离战火、不断失去冒险机会的同时，“自尊”也会朝着自然消亡的方向延伸。

“自尊”是在与他人的关联中发现的，所以自尊的消亡就会导致他人的消亡。

现在，不管是男人还是女人，如果大家都要求保持自尊的话，日本国也许会迎来极其真实的局面。

就连自尊，也只是一种幻想。这一点不会改变。

比如，那些可怜的中年男人，他们之所以追逐站在新大久保的防护装置下拉客的高中生妓女，出三千日元只在路边的咖啡馆里说说话，并不是为了追求徒有虚名的浪漫，而是渴望维系像下水道泡沫一般转瞬即逝的自尊。

能获得自尊的场所在减少，不断增加的尽是一些剥去自尊的场所。

然而，只有自尊能够为我们创作剧本。同时，绝望时能从疯狂中得到拯救，靠的既不是朋友，也不是心理咨询师，而是自尊。只有回忆中想保住自尊的那部分才靠得住。

你有过不要金钱，也不依赖体制，只要求自尊的情妇吗？

那样的女人最可怕，却也最能让你体会到实实在在的快乐。

所有男人都是
消耗品（三）
因此，只好爱自由

我遇到一位在美国非常有名的、搞妇女解放运动的社会活动家。

她名叫格劳莉亚·斯塔伊娜姆，是《女士》（女权主义杂志）的创刊人。

我们进行了对谈。她是个漂亮而又精干的人，据说有五十多岁，皮肤和腿部线条却很美。

那么漂亮的人却在搞妇女解放运动，所以美国人真的很伟大。

不过，如果斯塔伊娜姆女士看到这本杂志（《最好的MAGAZINE》），会说些什么呢？

“女人总是在发情。”

“女人希望被强暴。”

“有夫之妇正垂涎三尺地等待着勾引。”

“如果成为强悍的男人，女人要多少都可以弄到手。”

我想她不会笑着原谅我。

就算我说“不是的，这些都是开玩笑的”，也是行不通的吧。

以前，一位我爱恋的编辑在某本杂志上组编了一个特辑“独身到死”。

特辑中介绍到的男人们全都是独身，做着用片假名写成的时髦工作，在港区[1]里拥有整洁的办公室，被各种名牌玩具包围着生活。

杂志主张独身是最理想的，但我那些读过那本杂志的独身的朋友，却都产生了“真寂寞，我想结婚”的感慨。

在这个连载里，我也反复诉说了作为消耗品的男人的悲哀。

就连这本书里，男人的悲哀也暴露无遗。

啊，这是应该避而不谈的禁区吗？

恐怕值得使用这么大篇幅。

因为这本杂志的凹版印刷做得很棒，模特儿很漂亮，而且拍得很性感。

做模特儿的女人摆出害羞的姿势。

一定有几万几十万的男人会断然实行手淫吧。

我以前采访过淫秽书籍、色情杂志和地下出版物的模特儿，所以很清楚地知道，她们并不是痛不欲生地为了替父母还债而脱

1 东京的高级地段。

衣服的。

她们基本上是快乐的。

报酬也不赖。

她们的收入虽然比不上那些顶尖的模特儿，但至少比贫困而悲哀的手淫读者多得多。

“害羞”这种感情，也只有看的人觉得“害羞”并且激动起来，那些模特儿是满不在乎的。

但是，斯塔伊娜姆女士对那些事实却没有表示出理解。

女士直言不讳地攻击了里根、淫秽作品出版商，还有父权社会。

对谈时在场的编辑说：“我去公司上班时，妻子每星期有大半时间不待在家里，而是去学游泳、网球、电脑……在雇佣等方面实现男女平等，我完全赞成，但我无论如何也感觉不到现在的日本女性受到不公平对待。”

女士说：“如果你那么羡慕你妻子的话，那么你们把工作和家务对换一下。”说完扬长而去。

这是强词夺理。

尽管强词夺理，但因为女士长得漂亮而又义正言辞，所以我失去了反驳的勇气，只是苦笑着。

吵不起来。

就连里根，不也比南希夫人软弱得多吗？

洛丽塔色情[1] 和杀人色情就不考虑在内了，但在其他几乎所有的色情文学和日本的地下色情录像带里，我都丝毫感觉不到“女人真可怜”。

婚外情大体上也是一样。

几乎不都是男人花钱、主妇收钱吗？

我观赏了《乱》。这是一部货真价实的优秀影片，我佩服黑泽明洞察到了女人是可怕的。

优秀的电影编剧，全都深谙“女人之强”。

从《赤色杀意》到《楢山节考》，今村昌平的电影里表现的是女人的能量。这种能量超越了男人的逻辑。

《蜘蛛的巢城》里的山田五十铃，《罗生门》里的京町子，还有《乱》里的原田三枝子，黑泽明也都是这样表现的。

不仅仅是电影。

看看中上健次描写的南纪[2] 女人的霸气吧。

宫本辉的……

嘿，不说了。

说得越来越离谱了。

但是，就没有什么对抗的手段了吗？

---

1 洛丽塔是美国作家纳博科夫小说《洛丽塔》中的少女主人公。这里指一种只对少女产生性欲的变态心理。

2 日本地区名，即纪伊半岛南部，中上健次出生于此。

记得是三年前吧，我在纽约曼哈顿四十二街。那是百老汇的色情街。

我去看了现场表演。那是非常阴惨的，客人只有我和我的朋友两个人，表演者有两组，一组是一对墨西哥男女，另一组是一个黑人女人和一个菲律宾男人。

第二组表演结束，我们刚要离开，前面第一组又走上舞台。在刚才的现场表演中，男人最后必定是体外射精，所以我们大吃一惊，心想：怎么，他们又要干？男人毕竟也站不住了，但他还是韧劲十足地做着。

我莫名地感到悲哀起来，拿出十美元小费给男人，对他说："是给你的，不要和女人分啊。去买些有营养的东西吃。"

即便有这样的实例，搞妇女解放运动的女士们还是要攻击男人。

那恰似"全共斗"[1] 跟美国和日本政府胡搅蛮缠的架势。

如果真的要提倡反战，就应该将目光朝向中东和中美洲。如果真的要提倡反权力，就应该在根室[2] 成立反政府游击队并进行战斗，然而……那样的运动必然溃败，这是自不待言的。

我们应该怎么办才好呢？

被蚕食的，无疑是男人。

1　1968 年到 1969 年的日本全国性学生斗争运动组织。

2　日本北海道的城市。

美国的男人想朝着同性恋方向逃跑，愣头愣脑地进行决战。于是上帝给了他们艾滋病，把他们的勃勃野心碾得粉碎。

如果男人变得女性化、软弱化、幼稚化，老派的人们都会唉声叹气，但那是通过抛弃作为消耗品的男人的姿态而进行的抵抗。

即使是彼得·潘之类的可笑可悲，也是雄性的一种防卫本能。

三浦朱门[1]说什么“想要有敢于强暴的男人味”，接着马上道歉。他说出这话也是可悲的，可以让人一眼就看出他对自己的作家太太行使着什么样的力量。

有人叫嚷着什么“作为雄性的强有力”，但那样的东西早已荡然无存了。

仅仅只是消耗品而已。

可是，与耐用品相比，还是消耗品更自由。

我们只能爱那个自由。

只能冒着风险行使那个自由。

1　日本作家，1926 年出生。其妻曾野绫子也是作家，1926 年出生。

“美人三天就腻味”，
这是使丑女免于自杀的谎话

近来我常常感到事物被遗忘得很快。

怪人二十一面相和三浦和义[1]早已成为过去的人，就连丰田商事[2]，就连中江滋树[3]，都已经遭人腻味，快被忘却了。

至于户冢宏[4]，差点儿让人想不起来：呃？那是谁？

从前就不一样了。

肯尼迪遭暗杀之类的事，记得喧闹了有一年多，歌曲的走红时间也长得与现在无法相比。

我的朋友今年三十九岁，听他说，他还记得从小学入学到毕业的六年间，《阿富》是他一直哼唱着的歌曲。

---

1 当今日本轰动一时的诉讼案件主人公，曾以偷盗、纵火、诈骗、枪击等多项罪名被捕，诉讼历时十余年，于2003年被日本最高法院宣判无罪。

2 日本的公司名。1985年，该公司侵吞三万多名消费者高达1500亿日元的购物预付款的欺诈案被揭露，引起巨大轰动。

3 日本股票投机者，1954年出生，1978年成立投资顾问公司“投资日报”，骗取资金进行股票投机，后以欺诈罪被判刑。

4 日本某快艇训练学校校长，1940年出生，因体罚学生致死，于1983年被逮捕，后被判刑。

他还记得《阿富》的全部歌词，还记得序曲和间奏曲，甚至还记得他自己的改编曲。

信息以应接不暇的数量和速度在增加着。

数量惊人的信息一眨眼工夫就传遍了全世界。

人们刚刚感觉到已经洞悉了一切，事件和人物就已经如过眼烟云，遭腻味了。

人类是依赖想象的动物，但一旦了解了一切，就会感到腻味。

我的出道是在九年前。处女作成为畅销书，受到了难以招架的采访攻击。

我记得约有半年时间是每天接受采访。

我不停地说话。

但是，重要的事我没有说，而且不能说。

因为大多是些不妙的事情。

来采访的也是傻瓜居多，首先就不可能遇到直奔核心的那种提问。

在哪本周刊上刊登过脸部照片和报道的人，常常会怀有一种强迫性的恐惧，生怕会被人忘记。

“被人忘记”，这是寂寞的。

那是一种消失。

被人忘记的话，这个人就消失了。

歌里常常有这样的唱词：“眼睑深处留下你的面影。”面影还保留在别人眼睑深处的时候，感觉是很陶醉的。

如果不去想念那个人，那个人就没有了。

那么，有什么办法不让人忘记吗？我觉得没有。

一切都和那个人的才能有关，包括脸和身材之美在内。

人类具有不愿意看到丑陋事物的特性。

我不是指这是好事还是坏事，仅仅是在说事实。

我有着非凡的记忆力，但尽管如此，还是有些同届生的脸，我是想不起来的。

极端的丑女和美少女，我却记得很清楚。

当然，我并不是说极端丑陋因此成了什么优点，恰恰相反，丑女仍是不值一提。

要不让人忘记，需要的是吸引力，就是表现。

美女爱表现。

“美人三天就腻味”这种话，不用说，是为了不把丑女逼进自杀境地而制造的谎话，丑女就连遭人腻味都谈不上。

送花，也是吸引力的一种。

最近，我的朋友因为别的男人赠送的近两百枝白玫瑰而失去了恋人。

但是，要使小道具获得成功，剧本就必须靠得住。

希望读者诸君不要把“剧本”误解为策略。

不是指操纵与所喜欢女人之间的关系的战略。

而是指自身的剧本、情节——即自我表现——所必须的原则和自尊。

现在我讲另一位朋友的事，与前面败给白玫瑰的那个人不同，这家伙喜欢上了一个有夫之妇。

我把这家伙的名字假设为“吉泽”，将有夫之妇的名字假设为“清子”。我是为了叙述方便才给他们起名字的，那名字本身没有意义——我只是选择了一个使用化名的写法。

吉泽并非“偶然遇上”清子。

清子常去那家健身俱乐部，吉泽是在“那时”“注意到”清子的美丽的。

吉泽是在发现自己潜意识里认为“大家都在勾引有夫之妇”的瞬间萌生了对清子的感情。

清子是一个能让人感觉得到自尊、的确是有很好教养的、不到三十五岁的有夫之妇。

两个人经常在那家健身俱乐部里一起打壁球。

然而，吉泽最诧异的，是在游泳池里看到清子身体的时候。清子的体型非常优美。

清子已经有一个读小学的女儿，但她那纤细的脚脖子和连接着脚脖子的腿部的线条，纤弱的手腕，完美窈窕的腰身，这些部位美得都已经超出了煽起男人情欲的界限。

吉泽是“尊敬”清子的身体的。

吉泽是有名的电视节目编导，只要说出他负责的节目名称，对方马上会知道他的名字。

正如电视节目编导都会做的那样，吉泽也是一个享乐主义者。他这个人，没有女人的那玩意儿，就分不清楚白天黑夜。没出道的女演员，他碰过几十个，还让一个没做成模特儿的二十三岁银座女[1]住在他四谷的公寓里。

易妻、肛交、性施虐受虐、使用兴奋剂的性交，他都一一尝试过。

可见，吉泽是有过非凡经历的人。

一天，吉泽带着一盘霍华德·琼斯新录制的磁带来到健身俱乐部。霍华德·琼斯是清子喜欢的歌手。

“那盘带子，我带来了。”

吉泽这么说着挨近清子时，他的腿在发颤。

发现自己竟会这样，他也很吃惊。

简直就像回到了读中学的那个时候。他想起读中学时把披头士乐队的《橡胶灵魂》借给初恋女生时的情景。

吉泽很开心。他是对自己还保持着那样的激情感到开心。

“我呀，一想象和那位太太一起去西麻布[2]新开的意大利餐厅吃饭，脸上就发烧啊。阿龙，你能相信吗？只不过是想象吃饭而

1　在东京繁华地段银座的酒吧等处陪酒的女郎。

2　东京的高级地段。

已呀。这是怎么回事啊？她是有夫之妇，我想可能连接吻也做不到的。嘿，不过，我每天都过得很快活。”

我很理解吉泽的心情，也有些羡慕。

所谓的男人，就是这样的。一边和银座女、没出道的女演员纠缠不清，一边又为不合正道的爱慕而心里扑通扑通的。

可是，要说纠缠不清的“银座女”和清子哪一个幸福，那是另外一个问题，我不清楚。

吉泽的恋情大概不会结束吧。

因为他自己在拒绝了解一切。

清子是不会被他忘记的。

有夫之妇希望靠着
爱情、勇气、罐装啤酒
快乐地生活

三四篇文章之前，我提到了“不勾引有夫之妇”。

我怎么也没有找到理由。

最近，我终于明白了。

不是因为价值观或道德感之类的东西。

纯粹只是不愿意，要说为什么不愿意，是因为我觉得，别的男人已经拼死拼活付出劳动力供养了女人，你再给她享乐，太蠢了。

女人，是珍贵的。

因此，我们肯花费时间和能量来供养女人。

但没有必要勾引那样的有夫之妇，给她享乐。为了一个生活安定的女人，自己却弄得不安定，太蠢了。

正如我反复提到的那样，男人太累了。

（上次遇见的那位主张提高妇女地位的社会活动家，也提醒我不要使用“男人……”这样的称呼，应该经常说“我……”。大概是要我以个人身份说话吧，但那是可笑的。我决不会相信什么民族的同一性，但作为物种的同一性，我认为还是有的。我是想到了从海胆到人类的所有雄性，才这样说的。这不是比爱人类、爱环境、爱生态系统更深刻吗?）

雄性太累了。

因此，某个雄性花费能量、时间、金钱加以保护、使之安定的女人，你却要夺走，这首先就不公平。

其他男人拼死拼活地照料，我却要横插一杠，这只会令女人越来越嚣张。

而且，女人并不是真想红杏出墙的物种。

呃，也确实有些厉害的中年女性，被说成“这种人嘛”，她们憧憬着红杏出墙。

一接触到这种事态，人类就会失去勇气。

希望读者诸君不要误解，我并不是在支持烈女。在韩国，人们把战争中因征兵而失去丈夫、战后也没有再婚、含辛茹苦地把孩子们拉扯大的女人称为“烈女”，予以尊重。这样的女人，我不喜欢。

我不希望自己的女人这样生活。太压抑了。

如果我死了，我希望她寻找有爱情、有勇气、像罐装啤酒一样的男人，快快乐乐地生活下去。如果没有那种顽强，就连我活着的时候，她也会活得压抑得不得了的，不是吗?

让男人去死，抛弃男人，不断地变换男人，生下好几个不同父亲的孩子，并稳稳当当地养育他们，这样的女人偶尔也会有。我觉得，只有这样的女人，才真正是女人中的女人。

这样的女人不会是滥情的。

她们一定是每次都痴情地爱着男人，也宠爱着孩子。

不断地变换妻子，每次都让妻子生下孩子，并把孩子培养得很出色的无名的男人，我却很少听说。

大富豪、大演员、大作家、大画家中，偶尔有那样的男人，但我丝毫也不感到羡慕。干那样的事情很费时间，而且很累人。

不过，同样那么做的女人却很多，即使她们不是大富豪，也不是大美人，更没有名气。

光凭这件事，就可以知道雄性有多费劲。

有夫之妇的红杏出墙，原因不在下半身的痛楚。宁可说，下半身的痛楚是结果。

信息会激起人们的虚荣心和竞争心。女人即便是有夫之妇，也希望自己的价值得到认可。

“真漂亮啊！”

她们希望有人这样称赞她们。

“你很漂亮啊，我喜欢你。”

光说这么一句当然不用花钱，再往下可就不是这么回事了。

而且，那样的女人会有一头雄性跟着照料她。

不要再做那种愚不可及的事情了。

不仅仅是有夫之妇。

就连朋友的女人也不行，就连有恋人的女人也不行。

说什么一盗二婢，男人的自尊不应该在那种地方寻求补充。

那样做的男人，是悲哀的男人。

那是受到管理的雄性才会去做的事。

比如，节假日里，在游乐园和娱乐场所，看到有男人带着家人，我很惊讶。去公司拼死拼活地工作五天，休息天还要为妻子和孩子提供服务。

可悲。

雄性有着一种悲壮的本能，受到保护的雌性和孩子高兴，他也就开心。

几乎所有的男人都竭尽全力以使这种本能得到满足，所以会被拖进“一盗二婢”的体制所制造的陷阱里。

不过，和新的女人做爱，男人还是会抑制不住兴奋。因此，就连我，在年轻时也犯过几次夺他人所爱的错。

但是没带来任何好处。

感觉吃亏了。我对她的男人没有丝毫的犯罪意识。我没有感觉到“不好”。

“你看，你没有好好地珍惜，所以落到了只好由我来做的地步了吧？你这样是不行的吧？”

不能这样认为。

有个女人，是我的好友的恋人。那是我正好二十岁的时候。我作词，他作曲，所以可以称为“好友”吧。

我和好友、女人一起在加拿大人俱乐部里喝了酒。事情发生在好友的公寓里。好友九点钟左右出去打工。是打扫、洗车这种类型的打工。他说三小时以后回来。

家里只剩下我和女人两个人，我们东拉西扯地交谈着。女人在比利时大使馆工作，喜欢摇滚乐。她举出好几个当时日本摇滚乐队的名字，说和其中的六个人睡过觉。还说我好像和其中的一个长得很像。即使她那么挑逗着，我也丝毫提不起精神来。我那时二十岁，正是妄自尊大的年龄，从骨子里看不起日本的摇滚乐。

“你对我说这些事，我如果告诉他，会怎么样?”

“你不是那种嚼舌头的人啊。再说，我也不想被一个男人套牢。”

女人这么说着，又把身上的T恤衫翻起来让我看。呃，我的乳房漂亮吧？我心里想，这是个色情狂贱女人，但乳房的确漂亮得令人喘不过气来。接着，女人用法语说了句什么。如果光是乳房，我还能应付，法语我可晕了。

“什么？你说什么?”

“我是说，吻我这漂亮的乳房。”

女人这么说着，笑了。是胜利的笑。而且，我输了。

朋友打工回来，女人一副若无其事的模样，说：“你辛苦了。”

女人是对我们两个男人说的“你辛苦了”。

没有收获。虽然心情很好，但没有收获。尽管没有收获，但以后与这个比利时大使馆的女人还是见过几次面。是她用法语打电话给我的。

我就是在那种没有收获的体验中长大成人的。

长大成人后的我，已经下决心不勾引别人的女人了。不过，这几乎没有说服力……

迷恋农耕民族男人
的女人全是破烂货

三浦和义被捕了。

这本杂志截稿时间早，所以等到这篇文章在付印时，三浦和义被捕一事也许又有了新进展。

我不知道三浦和义是否真的杀害了原来的妻子，但我觉得他应该写小说。发泄出来就好了。有一点是可以肯定的，即三浦和义的内心怀有某种地狱。

吃不开的男人们都把三浦和义当作眼中钉，但是应该想一想，被说成是他干的那件事，做起来多么不容易。

那件事麻烦极了。换了我，是怎么也做不出来的。

那样的劳动是伤筋动骨的。

有本杂志曾经写过，说三浦和义身上有表现狂的影子。

文章中列举了四个理由。

① 向往美国；

② 性方面的好奇心旺盛，享乐主义者；

③ 没有反省，即失去自我；

④ 没有被民主主义惯坏。

这些都是表现狂的必要条件。

如果社会上说的三浦和义的经历是真实的（比如纵火和保险金诈骗），他就越发应该去当小说家。

不是指“爱表现就都是犯罪”这种老生常谈。

三浦和义真正需要的东西是什么？这是想一想就能够明白的。他需要的不就是金钱、女人，还有虚幻的情节吗？

虚构不是手段，而是目的，不是吗？不说谎就活不下去的人，这世上多如牛毛。

他憎恨这个社会的整个体系。他那种失败者的状态，被称为“自闭”。而且，破坏和虚构是他惟一的胜利。

他大概想在自己的内心建立另一套体系。

如果他这次被捕是一种失败的话，那就说明他用了错误的方式去建立与“社会常识体制”背道而驰的体系。

更可怕的是被人遗忘。某个信息一旦公开，被确定下来，并传得人尽皆知，社会马上就会变得冷漠，一眨眼工夫就会遭到遗忘。

体制的看守员即法律的执行者，显然是瞄准了这一点。

远远比他卑劣的电视纪实频道记者们成了他最大的支持者，这对三浦和义来说不乏讽刺的意味。

富士电视台拍摄过一部有名的片子，我每次观看都兴趣十足。片中三浦和义陪着他被枪击的妻子一美女士，和如今已经走红的新闻评论员一起走着，哭诉着自己的哀伤。这是几年前的影像了。

如果三浦和义与杀人有关的话，那么正如所有人猜测的那样，他的眼泪是假的。也就是说，是演技。

如果是演技，那真是太棒了。这不是日本演员的水平，而是阿尔·帕西诺、罗伯特·德尼罗、马龙·白兰度的水平。

我认为三浦和义是真的哭了。尽管两个小时后他调皮地伸了一下舌头，我还是确信那个时候他真的哭了。

有人说是演技，但人类的表情和动作几乎都是演技。微笑，是为了避开来自陌生人的攻击而作出的表演；寒暄，是为了回避不必要的微笑而作出的表演。

为了保护自己、确认自己，我们都在施展自己的演技。

三浦和义在那一瞬间哭了，这运用了演技，但同时又是发自内心的。

受激情驱动号啕大哭的只有幼儿。我们几乎在所有的场合里都是被情节感动而流泪。

最好的例子就是遗留中国的孤儿们。他们经常会哭。但是，即使四十年没有见到自己的亲人，本来也不用流什么眼泪。

“我们是日本帝国主义和战争的牺牲品，四十年前被亲人抛弃，今天在这里终于可以见面了。”

眼泪是由于这样的情节才流出来的。

这个情节非常重要。人们是由这些情节支配着的。区别人类和动物的，恰恰就是那些情节。

丧失记忆或痴呆，就是忘记了这些情节。尽管丧失记忆，也不可能忘记如何喝水，忘记如何骑自行车，忘记如何驾驶水上风力划艇。

所谓的“发疯”，就是故意使人类固有的情节产生混乱，因为即使发狂（精神分裂症），也不可能记不住喝水的方法。

在人类固有的情节里注入秩序，这一类东西统称为“体制”。因此，试图反抗体制的人，就必须拥有另一种情节。

比如婚外情，就是想创造与婚约、婚姻这种体制，或者与“我只喜欢你一个人”这种默认的体制相抗衡的另一种情节。

体制，当然不过是幻想。因为人的本质还是动物性的。

到了关键时刻，人会回归到动物。

因此，有的人从出生的时候起就本能地不相信体制。

假如真正意义上的体制得到确立是在农耕社会以后，那么把不相信体制的人称为“狩猎民”也没关系吧。

狩猎民心安理得地编造谎言。如果那种谎言是美丽的，那就更无可厚非了。

世上有两种女人。爱狩猎民的女人，和喜欢农耕民的女人。

很清楚，喜欢农耕民的女人全是破烂货。

我有个朋友说："我喜欢三浦。那些愚蠢的破烂货女人，全都杀了才好，不是吗?"

这个朋友当然是地道的狩猎民类型。

可是，就像我反复强调的那样，女人即便再蠢，也非常顽强，所以渔猎她们还是需要相当能量的。

几乎所有的场合里，女人总是获得好处的。如果考虑到物种的保存，这是无可指责的。

如果过了三十岁，杀了人还期望得到高收入的，就只有当小说家了。年轻一点的话，还可以去当男妓……

三浦和义不要再去渔猎女人了，他可以写小说。

有必要的话，我可以替他修改。

多情善感的
女人朝尼姑庵跑

上次写了三浦和义。

我一说“去写小说吧”，他就真的为《BRUTUS》杂志写了起来。我吓了一跳。

让他写小说的，是杂志房屋出版社的编辑O，如今他已经成为了日本最有名的编辑之一。

O还出版了我的《网球公子的忧郁》。这家伙很厉害，他当责任编辑，几乎不读稿子。

O说是他让三浦和义写小说的，我对他颇感钦佩。

听说那标题叫《啊，无情》，没有比这更叫人愉悦的了。

三浦和义会写下去吗？我衷心期待着。

我去美国观看全美网球公开赛，回来后又去了印度。

印度东侧的孟加拉湾有很多岛屿，叫安达曼群岛。

在日本不十分有名，但欧洲的潜水爱好者常去造访那些岛。

与其他地方如大洋洲的塔希提岛和斐济群岛、非洲的塞舌尔群岛相比，安达曼群岛的度假设施有些落后，但大海的壮观绝对是无与伦比的。

我借宿在安达曼海滨度假宾馆里。宾馆经理的两个女儿，因为休假从大学回家探亲。

那个二十岁的姐姐有两个同学来玩。我和年轻、漂亮、开朗、优雅而有钱的印度女人一起，以世界排名前三的美丽的大海为舞台，足足玩了五天。

四个人全都是漂亮得让人瞠目结舌的美人，但个性却有些微妙的差别。

宾馆经理的长女名字叫“奥尼塔”，身材丰满，长着一张稍带刚毅的脸，她有指挥能力，就是说有当姐姐的样，行动型的，二十岁，在德里的大学学室内设计。

次女名叫“皮亚”，容貌端庄，一对炯炯有神的眸子，地道的知识女性，十八岁，歌唱得很好。

奥尼塔的一位同学名叫“古比”，出生在肯尼亚蒙巴萨，最迷人，性情温和，锡克教徒，性格开朗，二十岁。

另一位同学名叫“比达”，出生在肯尼亚北部，长得小巧玲珑，爱打扮，好淘气，非常可爱，二十岁。

四个人关系非常融洽。

四个女孩子，这很完美。伊斯兰教认可四名妻子，这是非常合理的。

如果一个人，就太寂寞。

如果两个人，会吵架。

如果三个人，会两个人欺负一个人。

四个人，这是最完美的。

我们和奥尼塔、皮亚、古比、比达她们一直在一起玩。回国的前一天，和她们一起进餐时，我向她们询问了有关婚姻和男性观的问题。

“首先会被男性的什么地方所吸引？”

她们异口同声地回答：“长相。”

“但也不是光看外表。如果有个人一眼望去感觉好帅啊，就会想和这个人交往，这是理所当然的吧？”奥尼塔说道。

比达补充说：“再交谈着试试，如果感到乏味，就随手把他扔了。”

“如果发现令你们眼睛一亮的男人，你们会怎样去接近他？”我接着问。

“我的自尊心是很强的，我不会主动去接近他。无论多么潇洒的男人，如果对方不主动向我打招呼，那就到此为止了。”最优雅迷人的古比回答道。

她种姓等级高，又很富有，所以最傲气。

“呀！我吧，我会主动问他‘喂喂，去不去跳迪斯科？’”说这话的，是最开放的比达。

“如果结婚，最理想的是什么样的男人?”我问。

我给她们的感觉简直就像是女性周刊的记者。

“这个嘛，父母的意见是很重要的，没有得到他们的许可，就不可能结婚啊。”奥尼塔说道。

古比用力地点着头，她是虔诚的锡克教徒，于是说道：“我很爱我的父母，父母选中的人，就是我爱的人。”

“不过，古比喜欢的男人，父母如果说不行的话，那怎么办?”

“那是不可能的。因为我和父母深深相爱，很难有分歧的。”

“可是，古比和父母在人格上是不一样的吧。”

“你没有宗教信仰，所以你不可能明白!”

说到最后，古比有些生气了。

这时，皮亚说话了：“不过，我不管父母说什么，都要和自己喜欢的男人在一起。不管那个男人是外国人，还是日本人。”皮亚这么说着，望着我。

“我也一样，只要我喜欢，和父母他们没有关系。”说这话的是比达。

“这么说起来，比达还是个坏孩子呢!”聪慧的皮亚说着，两人大笑起来。

信心十足的古比感到有些被孤立，默默地低下头。

嘿，感觉就是那样一种氛围。不用说性虐待和性受虐、肛交、有夫之妇的红杏出墙、换妻、临时情人之类的话题，就连 sex 的

“s”都没有接触到，讨论就结束了。

回到房间里以后，我和同行的摄影师谈论起对刚才的印象。

“她们，全都是处女啊。”我说道。

摄影师也连连点头：“是处女啊，很纯洁的。”

“奥尼塔不行，你瞧，对男人不甘示弱的女人，往往格外不懂得男人啊。”

“感觉她的性和才智紧紧联系在一起，是她的才智让她向往自由恋爱啊。”

“古比和比达，怎么样？”

说到这里，我突然陷入了沉思。通常人们会认为古比连男人的手都还没有握过，而比达是在游戏人生，但其实并非如此吧？

“那个叫古比的，话说得很硬气。那是……那是因为她知道什么是性高潮，也许是害怕被我们察觉出来，才那么说的。”

“嘿，你真是一针见血。”

“比达这样的人，感觉好像是在游戏人生，但到了关键时刻，也许会格外保守和冷静吧。做得出私奔那种事情的，实际上是比达。”

“你果然……”

摄影师挖苦我，而我继续推测。

除了医学上异常的慕男狂之外，和什么人都干的女人，大多是性冷淡。

我认识的一个女人，因为对自己的敏感过度感到害怕，就去了尼姑庵。

女人，我看不懂。

如果凭表面上的言行作判断，睡着了会被她们割掉脑袋的。

所有的娼妓
都很阳光

我已经有好几个月一直在说：女人是很强的，受到呵护，在生物学的意义上很强悍，你跟不上她的趟。

我或多或少有些腻味了，但那样的现实却没有得到改观，我很无奈。

男人继续在衰退。

尤其是日本的男人在继续被践踏。

他们一定是失去了某种重要的东西。

比如，看看目前日本男人在网球方面的表现，就一目了然了。

在女子方面，井上悦子在排名世界第八十位左右。

而男子第一人福井烈处在第二百五十位左右，这还是在日本召开的大奖赛上勉勉强强获得的。

算了，不说了，我差一点儿又要说日本男人的坏话了。

坏话说过了头，心情真的会变坏的。

但是，要从欲望中获得自由，该怎么办才好呢？

我们男人肯定不是一年到头都在纵欲的。

我的朋友做了一个眼睛的手术。是眼球手术。医生叮嘱他，手术后一段时间里，眼珠不要滴溜溜乱转。

我们在新宿的东口附近吃过晚饭，在去歌舞伎街深处的一家酒吧的路上，朋友捂着眼睛蹲了下来。

那还是《风营法》[1]颁布以前，歌舞伎街上女孩子穿着比基尼拉客，还有窥视屋，饰有与人同比例大小的裸体照片。他是贼眼乱转了。

不看是强人所难的。

欲望是有了对象才萌生的，这一点用不着等萨特和海德格尔这些人来指教。

我也有这样的经历。

驾驶着汽车在加拿大育空地区的原野上奔驰的时候，很少会想到女人的性器官。

但是，一旦在餐厅等地方真的看到女人，或看到杂志上刊登的女人裸照，倏地就蠢蠢欲动起来。

不用说，都市里充满着欲望的对象。

这是很有趣的，但……

欲望的对象，与毒品很相似。

1　日本法律《风俗营业适正化法》的简称。“风俗营业”即色情行业。

因为有了它，我们才会患上依赖症，即中毒。

有段时间，在纽约——即在都市的意义上——流行着一种说法，叫“斯利克”（英语拼写我忘记了）。

比如，把鲍伯·福斯的音乐片称为“斯利克”。它的词源，好像是“能控制毒品诱惑的人”。

非常贴切。

也就是说，不能控制欲望的人，在都市里居住，就会被惯坏。

我每次去做宾馆按摩、客房蒸气浴、新式按摩[1]，还有去卡巴库拉[2]看风俗表演，都会想起呆呆地伫立着的孤独的大叔和年轻人。

男人当然有做爱的欲望，这种欲望一旦受到刺激，他们就会变得很脆弱。

但是，这种强烈得顾不得对方是母羊还是私娼的欲望，只要不受到刺激就不会轻易产生，难道不是吗？

不难想象，不能控制欲望，和日本男人越来越糟糕（或已经很糟糕），两者之间有着某种关联。

然而，这是一个难以解决的问题。

在塞班岛上，我遇见一个很凄惨的男子。

1　均为变相的性服务。

2　日本式外来语，由法语 cabarte（供应女舞伴、可观看表演的酒馆）和英语 club（俱乐部）合成，指兼具这两种功能的“风俗营业”场所。

他是出租汽车司机。

男子说，他出生在日本的冲绳，来塞班岛上打工。他说他四十二岁，但衰老得简直像有六十岁。

“呃，你还没有结婚？”

“没有。”

“冲绳什么地方？”

“嘉手纳[1]边上的小村子。”

“那里有个基地吧？”

“是的。我认识的女人，有很多当了梆梆女郎[2]。”

“是吗？我出生在佐世保，所以知道得很清楚啊。”

“女人遇到强者就会很弱。”

他长得很矮小，而且很丑。

这家伙的头脑里肯定深深地烙下了女人给人抢走的原始印记。

女人给人抢走，这好像具有不可思议的效果。

会形成一种无力感。

我还在福生每天过着离不开毒品和乱交生活的那段时间，有个当时比较喜欢的、偶尔会一起过上三四天的混血儿女人。

惟独那个女人，不知为什么，我就是不愿意她参加乱交派对，但因为没有强行阻拦，所以有时会陷入不得不让她去的窘境。

---

1 冲绳的美军基地所在地。

2 日本在二战后出现的以美军士兵为对象的街娼。

女人成了淫妇，开始和黑人乱搞，达到性高潮时，我会有一种无法摆脱的无力感。

“怎么回事，我尽管没到寻死寻活的地步，但那家伙和什么人都干吗？……”

我大概还这么想了。

让女人达到性高潮，这是一种很费力的重体力劳动。

看见自己珍惜的女人由别的男人让她达到性高潮，就会感到万分沮丧，心想“已经完了”。

在我的感觉中，总之，几乎所有的卖春女人，即便是梆梆女郎，都是很阳光的。

前面提到的出租汽车司机，在成长的过程中看着眼前的女人一个个被抢走，而且那些女人们都“咯咯”笑着，在某种意义上来说，我觉得他是患上了性冷淡。

他说他也不是男同性恋者，只是几乎没有情欲。他不想要女人。他说最近连手淫都感到麻烦。我觉得他不光是在逞强。

他是损坏了催生欲望的装置。

是他自己损坏的。

这就是凄惨。

如果那样的话，就已经完了。

因此，受欲望，受人工催生的欲望支配，这是很可悲的，但如果没有丝毫的欲望，那就更可悲了。

在日本，欲望不会遭到否定，也不会受到肯定。

我觉得欲望好像已经成为专门用于控制的道具。

我认为欲望已经成了管理的手段。

因此，我不知道该怎么办才好。

显然，以后可悲的雄性会日益增多。

我只能希望他们没有女人也能找到其他让他们兴奋起来的东西。

如果找不到，那么，留下的道路只有两条：成为欲望的奴隶，或者永远与欲望隔离。

如今日本女性一齐开始注意到
“没有像样的男人”

我在澳大利亚的墨尔本观看了全澳网球公开赛。

这本杂志也介绍网球，所以我就不再赘述了，我只是花些笔墨写一写出色却无名的选手们。

有名的就只有一小撮，比如麦肯罗、伦德尔、贝克尔……

要得到电视转播，就必须进入大型赛事（全法、全美、全英、全澳）的半决赛。要在全世界出名，必须在重大赛事上获得冠军，或挤进世界排名前五名。只有这一座独木桥可走。

在英国温布尔登获得冠军的十七岁选手鲍里斯·贝克尔，在这次全澳网球公开赛第二轮上败给了一位相当一般的荷兰选手斯卡伯兹。在比赛结束后的评论中，他说了这样的话：

“我在世界的排名是第五，斯卡伯兹是第一百八十八，但实际上我们两人的差别没有那么大。大家都因为我输了而喧闹起来，但第五和第一百八十八，两者之间真的没有那么大的差别，就是那么回事。”

不太了解网球的人，比如麦肯罗和世界排名第一百位的选手，他们会认为这是两个完全不同的档次吧。

但是，即使在预赛中，也就是第一轮或第二轮比赛中，莱顿和麦肯罗的获胜都是来之不易的。

我想，在这一点上，高尔夫球等其他体育运动也大同小异。

排名前列的选手，是靠着技巧、注意力、体力、经验等方面的微乎其微的差别取胜的。

我想讨论的，是那些因为微弱的差别而失败、没有进入排名前列的男人们。

比如，美国有一位名叫曼加的选手，是特蕾西·奥斯汀的恋人，网球打得非常好。

澳大利亚一位名叫马斯的选手，紧紧咬着获得冠军的瑞典选手埃德伯格，直到仅差一分的地步。

然而，他们既不是名选手，与日本男子职业选手相比收入又少。

总之，简单地说，就是这么一回事。

与网球打得很出色，长得又人高马大、英俊潇洒，头脑大概也很好使的外国选手相比，日本那些破烂货一般的职业选手，却获得了高额的收入。

这不仅仅是网球的问题。

我不想说坏话。就拿打高尔夫球的青木来举个例子，他只在锦标赛比洞赛和夏威夷公开赛中获得冠军，好像就能够糊口了。

（哎呀，举青木的例子不合适吧？因为他是我喜爱的选手。与他相比，有过之而无不及的家伙遍地皆是……）

算了，就说青木吧。

日本是一个奇怪的国家。

只要在世界上稍一出名，在日本国内就能够维持生计。

综合各种情况来考虑，这也许是无可奈何的。总之，我们是一个岛国，远离世界，与世隔绝。

处在这样的环境里，男人和女人之间的力量关系，会发生怎样的变化呢？

男人无疑会失去力量。

在舒适的环境里，男人会变得越来越不行。

女人，与此没有关系。

小猫俱乐部[1]是作为玩具而设立的，所以全世界通用。

由于艾滋病之类的因素，男人很难成为玩具，所以在世界上不通用。

这种闭塞感杜绝了想象。

这是极不自然的。

我在纽约曾经去过一次有名的狂欢俱乐部。

---

1 日本风靡二十世纪八十年代的少女偶像团体。

这个俱乐部名叫“柏拉图的洞穴”，我并不特别喜欢狂欢，但为了采访还是去了。

那里没有酒精，没有药品，接下来的规则就很简单了。

无论什么人，都可以去招呼，如果遭到拒绝，就不再去纠缠，仅此而已。

不问男女，无论情侣结伴还是单身，都可以进场。但如果仅是单独一名男客的话，就不能裸身的。这是规矩。

因此，在这个俱乐部里，老男人、丑男人、穷人会感到孤单。有钱的老男人、丑男人要带上四五名上等妓女，才能参加狂欢。

我去的时候还带着一名摘去眼镜就显得十分可爱的色情新闻女编辑，但男人们还是频频地向我打招呼，他们不是男同性恋者。

“有日本女人吗?”一位很有气派的绅士问我。

还有个黑手党模样的男人对我说：如果有日本女人的话，可以和我交换两名黑人女性和一名白人女性。日本女人是很有人气的。

听说在洛杉矶的交际俱乐部中，哪家俱乐部里有三名日本女人，人气就会极旺。

听说据某份杂志的统计，日本女人的人气显然占世界第一位，日本的男性排在苏丹后面，好像是第二十七位。

我也是这么想。

日本的女性一定是世界第一漂亮，而且是世界第一好摆弄。

在温和的天皇制下没有经历过真正的被占领而维持着单一国家的日本，培育出了非常温顺的女人。

然而，这样的状态会永远持续下去吗？

日本的女人们也许哪一天会同时发现这个问题。

日本的男人个子矮小、笨拙，所以她们也许会下决心再也不去顺从他们。

这样的征兆，不正在零零星星地体现出来吗？

我们正在被践踏。

在不温不热的日本，如果只顾埋头做产品加工，被女人当作傻瓜的时刻早晚一定会到来。

（不，也许已经到来了，我感到毛骨悚然。）

为了公司，即为了“日元”这个通货，连取乐都不知道，只顾默默地工作着。这样的方针，如今已露出了破绽。

得不到任何人的尊敬。

得不到尊敬的男人，快乐不会降临到他们的身上。没有快乐的男人追寻着可依靠的大树，搜寻着更加等而下之的方针，逃往与新兴宗教相似的“地狱训练”。

而且，刊登着“这样做女人就会到手”之类文章的窍门类杂志就会畅销。这是多么的凄惨。

那么，悲哀的雄性怎么办才好呢？

没有才能、没有金钱、相貌丑陋的悲哀的雄性们，应该怎么办才好呢？

什么办法也没有。我说。

不可能有什么窍门。

只能冒着相应的风险，只能打一场被认为是莽撞的比赛。

就像无名的网球选手那样。

可爱而有技能的
女人拯救男人

我是在纽约写这篇文章的。

从新年正月起，我就一直住在美国。

这次来纽约已经是第八次了，可以说，纽约是我来得最多的城市。

顺便提一下，国外我去得最多的地方其实是塞班岛，有十多次，但塞班岛和日本差不多，所以又另当别论。

现在是早晨十点钟，因为是星期日，所以格外安静。

一到纽约，我就会感慨：日本真的很太平啊。

平时身在日本，就没有这样的感受。但到了纽约，我就会真的这么想。

十年前我第一次来纽约，以后大致每隔两年来一次，滞留时间很短，要说对它的印象，感觉治安好像变得好起来了。

是因为提不起精神来，连犯罪都懒得犯了吧？

因为采访和与人会面，所以我怎么也不可能按部就班到了吃饭时间就正儿八经吃顿饭，常常深更半夜还在东转西转找餐厅。

深夜一两点钟还开着的，不是中国餐厅就是朝鲜餐厅。

走进店里，店员一般都趴在餐桌上打瞌睡。

“能在这里吃饭吗?”

我开口一问，他们慌忙揉着眼睛站起身来，回答“欢迎光临”。

据说这里的女服务员每天要工作十四个小时，在更严酷些的店里，男服务员的工作时间长达十八个小时。

真辛苦啊。我总是怀着敬佩的心情吃完饭。

二十三街上有家名叫“威廉兹酒吧”的歌歌舞酒吧[1]，非常时兴。

里面总是客满。

歌歌舞酒吧，就是所谓的半裸酒吧，一边喝着酒，一边看着四五个女孩子轮流跳舞。

就是常见的那种。

各种各样以贩卖酒水为主要收入来源的场所都在纽约逐渐衰退，惟独这种酒吧不会消失。

也许是我年纪大了的缘故，胡乱跳一阵迪斯科就累了。

去看莫希干族的女孩子是快乐的，但那里人满为患，让我觉

1　英语为 Go Go Bar。

得厌倦。

半裸酒吧没什么特别，是一个很容易理解的地方。

三个榻榻米大的舞台约有一米高，后面的墙壁上有链子。

舞台的周围围着吧台式的桌子。而正宗的吧台在桌子的对面。

客人各色人等都有，有放下公文包的商人，有体力劳动者、黑人皮条客，还有退休的老人。

来这里的女孩子有三种类型：百老汇太遥不可及但无论如何想努力一下的，百老汇进不了却千方百计在寻找快乐的，向往纽约而从亚洲和中南美洲赶来却感到现实太严酷的。所有的女孩子都很阳光。

一打听，酬金好像很高。

如果酬金低，女孩子就会满嘴牢骚，表情变得黯淡，客人避而远之，酒吧也就开不下去了。

这里的女孩子理应不露下半身，所以与日本的脱衣舞不一样。大概不一样吧，我已经有五年没看日本的脱衣舞了，所以也不太清楚。

从亚洲和中南美洲发展中国家来的女孩子，舞蹈也是发展中的。而百老汇那里来的女孩子，舞蹈跳得非常好，是凭良心在跳舞。

我以前写过，脱衣舞这个东西，不是去欣赏女人的裸体，而是观赏女人在人的面前剥去羞耻的整个过程。不过，当然还不仅仅是这些。

“还不仅仅是这些”是最关键的一点。而它所暗指的那个关键性的东西在那家“威廉兹酒吧”里就有。

那么，那个“关键性的东西”是什么呢?

就是女人拥有的力量。

比如，有一时期大家都说在“富士通宵节目”中亮相的女孩子是另类，虽然有人提出反对意见，说实际上并非如此，但几乎看不到评论她们的精神和能量的文章。

我和朋友C一起去了那家“威廉兹酒吧”。我与C是长期交往的老朋友。C在纽约市已经待了长达十年的时间，我如果写出他的名字，读者马上就能知道，这是一个很有名的人。

“这家酒吧里有很可爱的姑娘，所以很有人气的!”C对我说。

我们走了进去，那时在舞台上的是“发展中国家”和“梦断百老汇”这样两个人。我一边欣赏着“梦断百老汇”的女孩子，一边对C说起我妹妹嫁到北海道的荷斯坦牛牧场的事，还大笑起来。

跳了三十分钟左右，跳舞的女孩子轮换了。出来一个十分年轻的女孩子，戴着大波斯菊发饰，穿着丝绒斗篷，佩着闪闪发光的蝴蝶形遮羞布。

只有那个女孩子出场，酒吧客人才会鼓掌。

“呃，那么可爱的孩子要表演脱衣舞?”我说道。

“呀！她不会脱得很快吧?”

C对美国女人的裸体理应比我熟悉得多，他竟然也流露出一副痴迷的笑脸。

那个让人感觉像是六十年代的最时髦（说时髦也就是她的遮羞布和发饰）的舞女走上舞台，台下响起热烈的口哨声和拍手声。她只是快速地展露了一下乳房，看客间便响起一片顿足声。

乳房欣欣然地向上尖起，腿比我以前看过的阿根廷探戈舞的舞蹈演员更漂亮，这个看来当过杂技演员的女孩子幸好阴毛很稀薄，才使我们无限地提足了精神。

是啊，我们已经变得精神振奋了。

和向下半身干巴巴的男人述说世界观相比，乳房尖挺的女孩子抬起腿来微笑，远能让人精神振奋。

那个舞女表演一结束，我和C一边说着“太可爱了吧”“我给了五美元小费”“纽约真是一个凭良心的城市啊”，一边并肩站在停车场里撒尿。逛迪斯科舞厅的疲劳已经完全消除，我们便去观赏之前说要放弃的“重金属”电子摇滚乐的小型音乐会了。

可见，有技能的可爱的女人，是绝对不可战胜的。

也许有人会说：“你是傻瓜吗？看着可爱的女孩子一边脱衣服一边活泼地跳着舞，精神就会振奋，这不是情理之中的吗？”但成为傻瓜的一瞬间是极美好的，所以那些窝在心里没出口的批评，我不在乎。

那么，下次再见。

小说家憧憬女白领

迈克尔·希米诺这位导演，我怎么也喜欢不起来。

我觉得《猎鹿人》是一部能在电影史上留名的杰作，但很阴郁。

德尼罗到沦陷前的西贡去救克里斯托弗·沃肯的情节很令人感动，但我觉得别管他反而更好。

在他的新作《龙年》里，出场的是一个“不肯放任不管”的硬汉刑警，一个人铆足了劲。但我觉得很扫兴，觉得他是“美国乡下人”。

迈克·希米诺的作品里明显有着“关系性回归”的主题。

是友好相处？是相互斗殴残杀？是相互爱慕呵护？他是想探索一种清晰的关系。

这与刚刚流行起来的“自闭症儿童文学”处于两极的状态。

“别管我”这种自闭症儿童性质的视角，在日本爱撒娇的风土人情中，与南布朗克斯[1]、柏林、叙利亚等地相比，是极端温和的。

比起“温和”，恐怕还是“暧昧”来得贴切些，这当然与天皇制没有任何关系。

提起什么天皇制，就会越说越乏味，所以这个话题到这里就打住。

前几天，我有机会与三位年轻的女白领喝酒。

也许有人觉得“这又怎么啦”，但对于我这种从来没有上过班的人来说，与女白领交谈的机会是珍贵的。

我们在比萨饼店那样的地方见面（女白领与没有超现实主义没有任何特色的比萨饼店的组合，使我感动莫名），喝着意大利基安蒂红葡萄酒，然后去了有影碟卡拉 OK 设备的餐厅吃饭。

在有影碟卡拉 OK 设备的餐厅里，和女白领一起唱《即使分手也喜欢的人》。这样的情景，自然是小说家梦寐以求的。

越是流行的作家，就越会失去与女白领接触的机会。

女招待、女模特儿、女演员、没出道的女演员、女编辑、打工女孩、沦落风尘的阳光女孩，以及不知道以后靠什么生活却稍有姿色八面玲珑的女孩，这些女人都差不多一样，但如果看到活蹦乱跳的阳光型女白领（像电影新片首映前的餐厅广告里那样

1 布朗克斯是纽约的一个区。南布鲁克斯是摇滚乐、霹雳舞等黑人前卫音乐兴起的地方。

的），小说家就不能不憧憬。

女白领才是神秘的。

正是女白领让日本的现实变得生动。

“……如果喜欢上一个女人，在没有见到那个女人时，会有一种她的手指和手腕都很细的感觉，一旦那个女人出现在眼前，尽管实际上并非如此，但还是会留下一种手腕和手指都很纤细的印象。”

我用俨然大学心理系教授的口吻打开了话匣子。

“嗯……是英雄救美的念头才使你产生那种感觉的吧？”

二十三岁的“总务部秘书科”非常敏感，一语中的。

“不，我觉得村上先生一定有对手腕和手指的恋物癖。”

二十四岁的房产公司“会计部”用谷崎润一郎式的观点展开了讨论。

二十五岁的“人事科”保持着沉默。

话题自然而然地转移到适婚期和婚姻上，“秘书科”和“会计部”表明自己的观点，看重的是经济上的独立。

她们两人列举了电通、讲谈社、通产省[1]、东京海上火灾保险、索尼等一连串公司，说男人要在那些地方工作才好。

关于电通和讲谈社，我犹豫着是否要问她们“那里也有很糟

1　即通商产业省，日本掌管通商贸易、工矿业等的省（部）。2001 年改称经济产业省。

糕的男人，你们也不在乎吗”，但我的内心已变得十分绅士，所以没有问。

“我不想在恋爱的炽热过后才结婚。”“会计部”说。

“秘书科”赞同她的看法。

“对方痴迷地追求着我，我却微妙地清醒着，这时提出结婚，是最理想的。”“秘书科”这么补充道。

“嗯……你们一直没有和正经的男人交往过吧。”

三十四岁的小说家一眼就看出了这一点，但没说出口来。

要问为什么没说出口，因为背后有一个穿着拖鞋、建筑工模样的男人正扯着嗓子声嘶力竭地唱《他人船》，所以我不便说。

我并不是为两位女白领辩解，我不认为她们想要得到的，只是经过盘算的安稳。

她们俩是希望男人正儿八经地自立，但不知道自立的男人是怎么回事，也就是说，她们不了解拥有自尊这种东西的男人是什么样的，所以觉得也许就是在前面提到的那些企业、政府机关里有着令人自豪的工作的男人……

她们并不是失去了浪漫。

然而，浪漫恰恰是在摆脱某种体制约束的时候产生的，作为其前提条件，男人需要自尊心的自立。

所以，两人多半不知道自立的男人是怎么回事。

如今这已经成为常识了——追求的不是什么自立的女人，而是自立的男人。

所有的媒体都朝着剥夺男人自尊的方向运作。

能够有主见地生活着的男人太少了。

因此，冒险几乎是不成立的。

现在，推动冒险的是高科技。

被称为“新贫民”的人，就是在高科技中产生的。

在影碟卡拉OK餐厅中，就有新贫民。我和二十五岁的“人事科”如愿以偿地唱了一曲《即使分手也喜欢的人》的二重唱。

我放弃平时总要唱的《美梦成真》和《南方之星》，挑选了《即使分手也喜欢的人》。

在三名女白领中，好像只有这二十五岁的“人事科”懂得男人。

这不是从性高潮的意义上说的。

她因为了解自立的男人，所以才在关于婚姻的讨论中坚持沉默。

有自尊的男人深谙快乐的本质，他们很体贴，但是很危险。

她是懂得这一点的。

“在这样的餐厅里，还是应该唱《即使分手也喜欢的人》吧。”她说。

她是一个漂亮的女性。

我由衷地祝愿她幸福。

优秀的职业女性
不需要智慧

最差劲的男人，是指什么样的男人呢？

可能现在还在播放的电视台晨间电视剧里，带着孩子声泪俱下地请求离家出走的妻子“回来”的男人。我认为，这样的人就是最差劲的男人。

再没有像这样不体面的（看看却很有趣）、悲哀的男人了。

当然，那样的人能够煽起人们的一种优越感：“啊……是个傻男人啊。”所以我很乐意看。

为什么那样的男人最差劲？

因为他让妻子跑了。但不仅仅是这个。

因为他不知羞耻。但不仅仅是这个。

因为他仰仗体制。但不仅仅是这个。

最傻的就是认为“女人要理解我”“要和女人交流”“要相互理解”。

我的朋友中有一位印染师。

他还会画日本画，而且……怎么说呢，骨子里是一个喜欢玩的人。

他是一个拈花惹草的老手。

这家伙说我太认真了。

“我说啊，看起来像是正儿八经地在和女人交谈？那不行啊！那种事情，靠交谈根本行不通。”

那小子看上去只会轻薄地傻笑，其实很善于搞定女人。

是搞定。

压根儿就没有把女人当回事。

他经常会带着情绪说一些莫名其妙的话（他的话常常跟电影情节有关。他经常看电影）。

“你瞧，树有一种很微妙的对称吧？呃，外形很漂亮，即使把树根砍去也不会倒下。”

他不时地会说出这样一些让人琢磨不透的话来，令女人如坠五里雾中。

他那种搞定的方法，我常常自愧不如，感慨万分。

人人都有难对付的女人。

我对较真得不会拐弯的女人就很头痛。

即使喝着酒交谈，也很快会感到疲惫。

“那是因为讲话太直率的缘故。凭你阿龙的类型，基本上只认一个理，就是认为对方应该理解你。像私小说[1]那样带着偏见说话，女人是听不明白的，于是你发火了，觉得‘算了，这家伙傻瓜蛋一个’，以后再不去理睬对方。是这样的感觉吧？

“那是愣头小子才干的事，讲话太直率是不行的。女人说到底只是靠生理来考虑事物的动物，所以‘适可而止’是最最重要的，想要让对方理解你，就大错特错了。

“引她笑，惹她哭，随便讲讲就可以了。”

那家伙尽管嘴上这么说，实际上对女人却很温和，真心实意，非常有人气。

他的话如果让那些搞妇女解放运动的人听到，如果让那些将智慧当作卖点的人听到，一定会怒目而视的。

我已经反复提到过，我并不是反对妇女解放运动。

我也不会说女性缺乏智慧就是傻瓜。

我只是在诚恐诚惶地说，女人即便缺乏智慧也能堂皇而之地生活，而且活得很精彩，这样的女人很厉害。

因此，依赖智慧的女人，就已经不是女人了。

我认识很多优秀的职业女性。

作家、剧作家、演员、作词家、音乐家、电视节目编导、编辑，她们就算没有智慧，也能干得很出色，所以都很优秀。

---

1 日本的传统小说体裁，多以作者本人为主人公，以第一人称讲述身边故事，有时流于琐碎。

所谓的智慧，就是指信息（intelligence）。

即便缺乏信息，愣头小子和女人都能够活下去，因为有我们扶持着。

总之，依赖智慧的女人，就是没有男人扶持的、所谓的丑女。

“从前的男人头脑很好使啊。”作为花柳界老手的印染师这么说道，“一直延续到父辈这一代吧——关在书斋之类的地方，几乎不说话，一有什么事便觉得烦，他们那样是最安稳的。但现在还那样生活的话，就只能在黑社会里吸吸毒，或者当小说家写些胡编乱造的小说来巩固地位了。”

原本只有男人才能了解的信息现在全部公开了，我们只好变得越来越“无用”。

怀恋父权的家伙是垃圾。

那种东西再怎么挣扎也不可能死灰复燃。

从前的人头脑好使，所以想方设法为父权作着掩饰维持过来了。但现在已经行不通了。

前面是黑暗的。

可以走的道路剩下不多。

当男同性恋是舒服的，但因为有艾滋病之类的威胁，所以还是很辛苦。

成为精神上的男同性恋，这是一种方法。

就是抛弃雄性的特性，变成一个老女人。

这样的男人最近正在显示威力。

“去找人咨询一下吧”，这已经成了关键词。

对日常漫不经心，活在趣味的世界里。

呃，这样写，让我觉得恶心。

武田铁矢就是那样的典型。

骨子里是一个老女人，所以才会去憧憬坂本龙马[1]。

算了算了，肮脏的坏话就不说了。要烂舌头的。

做个精神上的男同性恋是轻而易举的，但做得不对路的男人会走火入魔，所以我怎么也不能教唆。

重要的是什么呢？

还是只能靠信息。

不靠信息，我们就不能活下去。

“信息”这个东西，即使读硬汉派作家关于人生咨询的文章也学不会。

我对人生咨询之类的思考方式本来就嗤之以鼻。

不能相信那些说得天花乱坠的家伙。

（相信我吧。）

没有属于自己的信息，连谎话也编不好。

那么，属于自己的信息，在哪里呢？

---

1 日本江户幕府末期拥护天皇亲政的政治活动家，后成为倒幕志士，在京都被刺客暗杀。

如果像蒂尔特和米契尔[1]那样去寻找只属于自己的信息，那么在哪里呢?

没有。

我认为，不可缺少的，是执着。

这也许是一种方式。

只有拥有自己独特的方式并矢志不渝的家伙，才能获得信息，才能获得快乐。

就像决不走融合音乐那条路的查特·贝克那样。

1 童话故事《蓝鸟》中的兄妹。故事中有两人到许多国家去寻找蓝色的鸟的情节。

整洁的男人
至少不会被埋没

我是在一家名叫 Le Cap Estel 的宾馆房间里写这篇文章的。这家宾馆历史悠久，一宿六万日元，离摩纳哥不远，靠近尼斯。

从宽敞的露台望去，看得见地中海，以及稀稀落落地点缀着的别墅群，像城堡一样。

我原本一直以为食物在寒冷时期吃着才香，没有想到这完全是个误解，春天的蔬菜也香得简直让人灵魂出窍。

昨天吃的芦笋就令人欲罢不能。

这一带的男人全都很整洁，长着一张很清爽的脸。

与女人相比，这里的男人可爱得多。

（女人绝对是日本的最可爱。）

今年我几乎都在国外，所以满目皆是白种女人、黑种女人的短处。

难道是漂亮的女人在减少？

我想，不漂亮是因为放松努力的缘故。

不难窥见女人的态度：没有战争，男人遍地都是，所以即使不漂亮也无关紧要。

在民主先进的国家里，就是女人，也有学历和智慧比漂亮更受重视的倾向。

人们常说“内在美”之类的话。

内在美这样的东西，哪里都不可能有。

女人要获得智慧，我觉得这是一种堕落。

我希望女人是愚笨的。

（又要被误解了吧？不过我现在脑袋已经成了地中海，所以没法儿写得面面俱到。）

开口闭口“智慧”的女人，几乎都很平庸。

因为头脑好使的女人知道，女人不需要智慧。

智慧这东西，是指某种能力的状态。

也就是说，支配世界的是“信息”。“信息”在世界上分为两种：确立自身所必不可缺的信息和可有可无的信息。完全漠视可有可无的信息，贪婪地汲取必不可缺的信息，具备这种能力的人，被称为是智慧型的。

如此繁复的事情，就交给男人去做吧。具备那样的能力，谈不上什么快乐，这是不言而喻的。知道这一点的女人，被称为“好女人”。

只要有爱，智慧、教养、常识、道德，都不需要。

(如果没有爱，就成了希特勒和波尔布特。)

然而，爱有时会破碎，所以我们男人需要“智慧”这种麻烦的东西。

日本的女人如今正变得越来越漂亮。

记得是四年前吧，在试镜的时候遇见女影星村上里佳子，她脸庞之小巧、腿部之颀长、性格之开朗，令我大吃一惊。我真心佩服“日本的女人也变了”。

然而，那种美丽当然是为了“自我满足”。

绝非超级负债的发展中国家的女人挖空心思“讨男人喜欢”的悬想。

日本的女人为了自立，在不断地变美。

嘿，不管怎么说，这是好事。

日本的年轻男人都变得整洁利落，可爱起来了。

是在向欧洲靠拢吧。

有时我也在想，社会是提倡实力主义才一步步发展到今天这样的程度的。有实力的男人原本就为数不多，所以大部分男人就只好变得可爱起来。

如果长着一张可爱的脸，又整洁些，在这个国家里的确不会被埋没。才疏口拙却做出一副求道者的模样，有着苦恼的内心和外表的年轻编辑，就连我都无法与他们打交道。

如果同样没有才能，还是应该花心思将自己打理得整洁可爱些。

年轻的男人们为了生存，敏感地捕捉到了这样的趋势。

同时，见他们那副模样便斥责他们的潮流也的确存在。

比如，人们常常提起职业棒球选手们。

以前的选手大多是豪杰，他们通宵达旦地喝酒，喝到天亮径直去了球场……与他们相比，现在的名选手具有小巧整洁、为了还住房贷款不拼尽全力而是细水长流式地打球的猥琐倾向……

如此之类的现象不仅仅出现在职业棒球选手中，演员、作家、音乐家，莫不如此。

我们生活在一切都追求平均的、迄今为止变化最小的时代里。

即使大企业的社长，也都是如此。

他们几乎都是为他人打工的社长，经营已经转变成集体领导型了。

即便从世界的层面上来说，也是这样。比如，经济恐慌的征兆出现时，各国都采用了协调介入的手段，防患于未然的体系已经建立。

在那样的时代里，只说职业棒球选手在糟蹋人生是残酷的。

听说乐天[1]（现在是中日）的选手落合博满他们还保留着以前就有的豪放的痕迹，其实不是那样的。

1　和后面的“中日”都是日本职业棒球队名称。

他只是非常机灵而已。

当然他也是有才能的……

落合是靠着他的才能和灵巧的头脑，获得了“自由”。他不会胡来。

我的脑海里还有着颇感怀恋的男人的脸。

那是西铁雄狮棒球队巅峰时期的台柱丰田泰光和中西太的脸。

他们虽然既不可爱也不整洁，却有着无穷的魅力。

那是不知道会闹出什么事情来的脸，是和刀子很般配的脸。

很久以前的演员，比如年轻时的高仓健、胜新太郎、三船敏郎，他们都长着那样一张脸。

以前我就对他们牵肠挂肚，现在更是怀念得不得了。

总之，重要的是把丰田泰光和中西太以前的那张脸在什么地方保存下来。

我并不是鼓励在酒馆打架。

——不是在说“打呀”。

重要的恐怕不是“打呀”，而是“别打呀”。

我自己的事情都忙不过来，没空对别人说三道四。

不过，不做什么、停止做什么，虽然只是我的直觉，但大致不会有错。没有“非幸福不可”的必然性。

需要的不是经常被别人想起。

而是自己快乐。

"为了自己快乐敢于牺牲什么"的精神，恐怕是现在最需要的。那些只有可爱的男人……这么说吧，比不可爱好，但我还是不喜欢。

与其追求人见人爱，还不如争取得到一个女人的刻骨铭心的爱吧……虽然这是可怕的。

那么，再见……

生活在养老送终
时代的智慧

“未来派”这个词好像很流行，但如今业界里的关键语却在向“如果父母知道的话……”演变。

最早说出“如果父母知道的话……”这句话的，当然是日本语言的最前端——音乐界。

我见到了以前熟悉的M。

M是一位在业界无人不知的精明强干的经纪人，现在已经独立拥有音乐事务所。

“阿龙，近来的愣头小子真让人头痛啊。稍稍出点名，就想搬到高档的住宅里去，抬高演出费，那种时候，我就会对他们说：‘……昨天，你们的父母送山药来了，还带来了一封信，说无论如何要你赶快懂点事。可你们看看自己，都只考虑自己的事！如果父母知道的话……’我就是以这样的感觉使用这句话的。”

这是一个关键语，有两层意思。

一层是，我们，就是说直到五年前身心都沾染着社会不良习气的我们，已经成了“父母”。

第二层意思是，在这个令人窒息的民主管理社会里，“父母”即父权和母权再次被大书特书了。

照此例追本求源的话，“父母”的问题当然就通往天皇制了。

这是一个沉重的主题。

“如果父母知道的话……”这个关键语当然不会是打心底里相信才使用的。

假设有一个自以为是的妓女。

“嗯……你为什么要卖淫？”

“和你没有关系吧。”

“你不会是没钱花吧？”

“竹村健一[1]说，妓女是世界上最古老的职业。你不是也在小说里写过纽约的妓女吗？”

“纽约这些地方更现实啊。如果是日本，其他还有很多工作可以做吧？”

“在纽约就可以，在日本就不行，这不是很奇怪吗？”

“对身体也不好啊。”

“我们不会酒后滋事，又没有给社会添乱，像我们这样还能帮

1　日本政治经济评论家，1930年出生。

助人类消除战争，这是那个大音乐家坂本龙一说过的呀。”

就是这样的感觉，这样说下去怎么也说不完。

会不会是因为我们太明事理了？

“混蛋，如果父母知道的话会怎么样？你好好想一想！”

这么说着，一拳打过去，是最好的。

我并不想煞费苦心去让妓女获得新生，虽说这是最好的，但也不知道好在哪里。总之，只要说出“如果父母知道的话……”这句话，就能很快结束对话。

听到“如果父母知道的话……”这句话，年轻的娼妓们也许会顿感扫兴，或干脆横下心来说“父母知道的话又怎么样”之类的话，不管哪一种态度，谈话就进行不下去了。

还有这样的例子。

在一流企业工作的职员里也有变态。现在，对变态毫不掩饰的家伙越来越多了。

我是性虐待狂。

我喜欢窥视。

我喜欢女人的高跟鞋。

我喜欢老女人。

我喜欢幼女。

那些家伙不但变态，还缺乏“羞耻”这样的东西。

我不是讨厌变态，再说近来已不太流行这个东西了（在凉爽的五月尤其如此），只是变态也有变态的自尊，我认为其中羞耻的感觉肯定是不可缺少的。

“总之，应该得到解放的，首先是性欲呀。无论男人还是女人，人人都会有本能的东西吧。什么是病态的，什么是正常的，别人是没有资格来评判的呀。”

“不要啰嗦，我只是说你让人恶心而已。”

“虽然写了那种小说，但你这个人还是很古板啊。人人都有病态的欲望，不是吗？我们做这种事，不是证明我们更正常吗？”

“我只是不信任那些得不到欣赏就变态的家伙。”

“我只是喜欢才干的呀。谁都没有对此说三道四的权利。”

话说到这个分上，自然就会引出这样的话。

“你这样讲，如果父母知道的话会怎么样？”

于是，谈话大致就结束了。

傻瓜也许会说：“这不是那层面的问题。”

然而，没有什么层面不层面的。

如果真的是涉及那个人核心的问题，那么“父母知道”之类的话是没有力量的。

在日本，几乎所有的事情都处在“如果父母知道的话”这个范围内。

除此之外，就是“有其父必有其子”了。

那种听说父亲自杀也面不改色的联合赤军的坂东国男[1]的事情，会很快绝迹的。

还是适可而止比较好吧？

我并不是特地劝人不要变态、出轨或卖淫。

“如果父母知道的话”所代表的体制，发挥着比以往更强大的作用。

也就是说，现在是养老送终的时代。

性解放、病态等浮于表面的语言到处横行，却丝毫没有强烈的冲击力。

人人都在脸上浮现出阴丝丝的冷笑，只像猴子那样手淫，相互挠着没有性高潮的痒。

算了，我基本上总是抱定别人想怎样就怎样的态度，但长期待在海外，回国后看到日本的杂志和媒体全都是一副羞答答的或者傻乎乎的渔色之徒的模样，实在看不下去了。

已经变得非常黑暗了。

大家真的欲望都得不到满足吗？

“如果父母知道的话”，这不是一句应该赞扬的话。使用这句

1　1972年2月，日本恐怖组织“联合赤军”的坂东国男等五名骨干分子劫持人质逃到轻井泽山区的隐蔽基地，被1200名警察包围，攻破大楼后发现他们是“赤军”的“执法者”，基地后山坡埋有被他们处死的14具“变节者”尸体。日本92%以上的人观看了实况转播，坂东国男的父亲上吊自尽，死前给全体国民留下道歉信。

话最频繁的，大概是警察吧。

然而，再这样发展下去，世界将成为巨大的警察国家，这是显而易见的。

但在成为警察国家之前，悄悄地嘀咕或耳语“如果父母知道的话”也不会是无效的。

男人的犯罪和艺术都是
为抑制勃起而产生的

现在我是在罗马的豪华宾馆236号房间里写这篇文章。

上次记得是在蒙特卡洛写的。

再上次好像是在纽约?

今年我待在海外的时间比待在日本的时间长。

我在一个人观光旅游，经过巴黎，沿米兰、佛罗伦萨、罗马一路过来，常常会遇见来自日本的游客。

他们几乎都很年轻，背囊里塞满行李，没有钱，也没有语言表达能力。

他们无一例外都带着《走遍全球》这本旅游指南。

我向他们要过来翻了翻，那本指南编得非常好。

便宜的青年旅馆和民宿的介绍，交通工具的搭乘方法，不为众人所知的名胜古迹等，全都写得很详细。

据说意大利（特别是南部）小偷和骗子很多，书中介绍了他们的手法，提醒游客注意。

在佛罗伦萨遇见了年轻的饰品店老板O，他说他上了有名的“在罗马的瑞士人”的当。

据说，“在罗马的瑞士人”夜里在罗马的街头总是装得像游客一样，在地图上寻找着什么。

一旦发现有人生地不熟的旅客，他就上前用生疏的英语问：“对不起，我想去这家名叫什么什么的酒吧，你能帮我一起找找吗？”（据说O的情况是，那人磨磨蹭蹭地走上前来，O自己主动问他“有什么事”。）

“我是瑞士人，我想喝爽口的啤酒。意大利的啤酒很不好喝吧？我正在寻找一家能喝到德国啤酒的酒吧。”

他说着如此之类的话，游客答应寻找，不料片刻工夫就找到了，速度之快，令人瞠目。

从邂逅的地点走过去，那家酒吧就在马路对面，有时甚至只有两三米远。

“呀，找到了，找到了。谢谢你，我能请你喝杯啤酒作为报答吗？”

“在罗马的瑞士人”满面笑容，热情地伸出手来和游客握手。

那种酒吧，我也去喝过。实在不是瑞士游客喜欢的那种地方，怎么看也像是一种拉客酒吧，里面音乐喧闹，激光彩灯不停地闪烁，有些乌烟瘴气。

前面提起的O拗不过对方请他喝啤酒的盛情，走进了酒吧里。

他其实起了些色心，这一点也是不能否认的。

酒吧里几乎漆黑一片，O 的色心顿时荡然无存，萌生了生命的危机感。

酒吧门口有五六个彪形大汉，手臂上有蛇形的文身，非常可怕。

这自然是一家地道的“拉客酒吧”。

“我要回去。”他觉得不妙，想要站起身来，但啤酒已经迅速端上来了（的确是德国的卢云堡啤酒），“在罗马的瑞士人”已经用瑞士法郎付了酒钱。

O 看见对方拿出来的是瑞士法郎，产生了一种侥幸的心理，他一厢情愿地猜想着：“嘿，这个人也许特别好，大概是会请我客的。”这时传来“嗨”的招呼声，两个腋臭熏天的女人来到他们俩的身边，O 心想“这下糟了”，但为时已晚。

身材彪悍的侍者凑上前来，说：“听说女士们要喝点什么。”O 用日本话发起火来：“什么女士，屎蛋！”但他随即发现两个女人在说“要喝香槟”，便慌忙阻止，并要了感觉最便宜的啤酒。

与此同时，他要求店家结账。他手头只有三十五万里拉（约合四万日元），心想“这位瑞士大伯可能会为我付钱吧”，但不行，三十五万里拉的账单很快就送过来了（那个账单也送到瑞士人的手里，金额也是一样的，瑞士人又很爽快地用瑞士法郎支付了），

O虽然头脑一阵发晕，但彪形大汉一直盯视着他们，他不停地鞠躬，才把三十五万里拉压到三十万，这已经是竭尽全力了。

“走进店里只有三分钟啊，就付了三十万里拉，我真郁闷得不得了。阿龙，罗马你还要去吧？如果遇见那个瑞士人，你要帮我狠狠地把他一脚踢飞。”

在佛罗伦萨的大众餐馆里，我们吃着大得惊人的意大利牛排，O抹着眼泪向我诉说。

我决心为连媳妇和一岁半女儿的照片都给我看的O报仇，便乘车去了罗马。

那个“在罗马的瑞士人”的确还在。

我原想看见他就一脚把他踢飞，大叫一声“知道为什么踢你吗?”然后撒开腿就跑。不料，一看见那个瑞士大伯的模样，我忍不住噗地笑出声来。

他肩上挂着旅行包，手里拿着一张地图，胸袋里还看似故意地插着一面瑞士国旗，但无论怎么看，他都是意大利人。

他那张脸，我如果问是哪个国家的人，一百个人有一百个人会回答“是意大利人”。还有他的身材（个子矮小），就连胡子都很浓。

我觉得这是受骗的一方不好，就没有去踢他。我决定去看看那家拉客酒吧。

我开始向前走去，不料一名年轻女子不知从什么地方钻出来，说“别去，那个人是骗子”，然后抓着我的手臂将我拉到另一条路上。女子不到二十五岁，身上穿着 T 恤衫和牛仔裤，脚上穿着凉鞋，感觉没化过妆。

她背着大型纸夹（放绘画纸的那种），说是在研究拜占庭式美术。

我说我知道那是个骗子，但我还是要谢谢她。于是她邀请我说：“你不用谢，我们还是静下心来找个喝酒的地方吧。”

“有个非常快乐的迪斯科舞厅。”她说。

我跟着她走去，不料，怎么回事？不就是那家乐声喧腾的、乱哄哄的、O 把店名都告诉我的拉客酒吧吗？

如果我年轻五岁的话，我也许会走进那个“非常快乐的迪斯科舞厅”。我一定会对自己说着“大概是家名字相同的店”而跟进去的。

然而，我非常恭敬地谢了那个女骗子，回去了。

后来我想，怎么说呢，我已经是成人了。

我已经有判断力了。

如果是五年前，就算明明知道会被杀害，我也会不顾一切地去追求浪漫吧。

虽然现在我并不胆小，但关于“浪漫的可能性”，我的智商比从前高多了。

这是好事还是坏事，我不知道。

（不过，我曾经在巴黎钻过拉客酒吧的圈套，被斩掉二千法郎，所以我也不能大言不惭。）

如果将米开朗基罗那样伟大的信仰之心排除在外，也许只有好色之心，才是表现和创造的源泉。

如果能看到五年以后，
女人会觉得安心，
不久会感到无聊，接着失望

长期滞留在国外，当然会变成浦岛太郎[1]。

在伦敦，完全可以看到同一天发行的日本报纸。

因此，自民党的大胜，广岛棒球鲤鱼队的首位降级，熊猫分娩（还是妊娠?），这些事情我都知道。但这些新闻无法确认“我”这个现象，所以无论如何都摆脱不了浦岛太郎式的错位感觉。

对男人来说，所谓的“自我确认”，就好比是银座“格拉伊埃”酒吧的小娜到现在还忠贞不渝地爱着我之类的事情。

除此之外，剩下就是工作上的一点点进展和家庭之类。

否则，在欧洲待了一年后回国，心里的日本时间与出发前不会有任何两样。

因此，单身到海外赴任的职员会觉得很累，但对我来说没有

1 日本童话中的渔夫。他爱好幻想，在神女帮助下到龙宫玩了几天，回去后母亲、村子都不见了，他自己也变成了白胡子老头。原来龙宫的几天，就是世上的几百年。

任何关系，所以管它呢。

在罗马，到处都是与音乐有关的留学生。

意大利还是一个与德国、奥地利并驾齐驱的古典音乐圣地。

有一位中国穷学生，他想当男中音歌手，与一个富裕华侨的女儿谈了一场惊心动魄的恋爱后，结婚了。

“我相信你是有才能的，但要在声乐上获得成功很不容易，还必须继续深造，我们让女儿开一家餐厅，你也去帮帮忙，以此作为生活的基础。”女方的父母这样对他说。声乐学生喜出望外，说“再也没有像我这样运气好的男人了”。

然而，八年以后，茶餐厅获得了成功，但作为声乐家的道路却被关闭了。

妻子有了一个俊秀的意大利情人，堂而皇之地在餐厅内外频频约会，半吊子声乐家丈夫也在外面找了个女人，而且还是个卑贱的女人。

就这样，一个男人面子丧尽的模式完成了。

在罗马，我又见到了一个“男人面子丧尽”的例子。

我和一位可爱的小姐一起吃了罗马最好的意大利面食、蘑菇、羊肉，吃得撑破肚子，然后去罗马希尔顿的酒吧喝酒。

酒吧里有一个懒散、文弱的意大利男人在弹钢琴。

因为是在希尔顿，所以背上长着雀斑、喋喋不休的美国旅行者乱哄哄地到处都是。其中有一个穿着纪梵希礼服、披着棕黑色长发、乳房下垂的中年女人，弹钢琴男子一边向那个女人眉目传情，一边含情脉脉地唱着《当比津舞旋律响起的时候》，还不时请她喝香槟，或送她一束鲜花，忙得厉害。

乳房下垂的中年女人是在日本也常见的那种只靠虚荣生活着的假富人，典型的俗女人，长着一张色迷迷的脸，有一条能够滔滔不绝说上一个通宵的强劲的舌头。

两个人看起来相处得很融洽。

两人之间没有任何障碍，其他的客人也被罗马之夜酿造出来的煽情的冷气所压倒，带着微笑声援他们。

大家都认为那天夜里两人成为情意绸缪难舍难分的关系大致是没有问题的。不料到了半夜里一点钟，出现了一个穿着黑缎子长礼服的黑人老太太，正巧这时弹琴男子从座位上站起来，蠢蠢欲动地想和乳房下垂的中年女人调情，黑人老太太就在钢琴前坐了下来。

那位老太太正是今年格莱美奖最佳爵士乐奖的颁奖者沙利文女士。她大大方方，并不想隐瞒，因此弹琴男子也不便发作说："喂，老太太，这是我的琴，你想干什么？"

老太太一个个键地开始弹起《狡黠的女人》，我们客人竖耳聆听，简直怀疑这样的音色和刚才的弹奏真的来自同一架钢琴吗？

钢琴会因为演奏人的才能而改变音色。

乳房下垂的中年女人好像是个对爵士乐很有眼光的人（据说

她出生在美国的孟菲斯[1]），连她也露出了“呀，这是地道的爵士乐啊”的表情。

老太太弹完艾灵顿[2]，尽管我们强烈要求她再弹一曲，但她说“我累了”，便回到自己的桌子边，喝起了掺酸橙的伏特加。

不久，弹琴男子离开乳房下垂的中年女人，一副悲壮的表情坐在钢琴前。

刚才他还声情并茂地唱着《飞翔》《再见吧，罗马》《卡萨比安卡》那些恶心的歌曲，现在突然弹起了爵士乐。

这是我迄今为止所听到过的最差劲的爵士乐。

没有掌声响起。

弹琴男子弹着爵士乐逞强，但我们只是愈发感到扫兴。这时老太太想离开酒吧，几位客人慌忙将她拦住。我立即把钱塞给酒吧侍者，让他去请老太太弹奏。老太太终于又坐到了钢琴前。

老太太从《孤寂》开始弹起，一边哼唱着，一边弹起了节奏快得可怕的布鲁斯。

酒吧座落在走廊的尽头，走廊里的客人、门童、前台服务员、行李员，甚至连扫地的大叔，也全都拥了过来。

于是，弹琴男子对乳房下垂的中年女人的进攻也就到此为止了。

1　美国黑人爵士乐钢琴家、作曲家、指挥家（1899—1994）。

2　美国爵士乐发源地之一。

他虽然长得英俊，但在老太太面前却成了地道的傻瓜。

他成为“男人面子丧尽”的典型。

男人成为傻瓜时，是很悲惨的。

失败的家伙，那还有救。

当然，赢是最好不过的，但崇高的失败，不会使事态发展到失去身边的女人。

最差劲的是已经能够看到前景而不再冒险的男人。

能够看到未来，女人就会感到安心，感到无聊，感到失望，就开始左盼右顾，但这不是女人不好。

雌性具有离开停止进化的家伙扬长而去的习性，因为这个缘故，人类才能发展到现在这个模样。

女人在任何时候都不会是坏的。

这恐怕正是她们的可爱之处。

我们会成为
查克·耶格尔吗?

在从巴黎飞往纽约的飞机上，我读了日本的报纸。

是一则优秀商社职员因婚外情而杀害自己妻子的报道。

这不是周刊杂志在故意炒作吗？司空见惯的事件，不值得那么大肆渲染吧。

我读高中时的朋友在九州当社会新闻的记者，他常常对我说“这个世界真乏味”。

他说的“这个世界真乏味”，不是指国际关系紧张和国内的右倾化，而是指个人的，主要是关于性的。

日本对麻醉药物控制得极严，所以话题自然就转向了性和宗教。

也就是：作为性的宗教，作为宗教的性。

我的朋友喋喋不休地说着不堪入耳的乱伦的事，而且还是母子乱伦。

我对变态的性一般都很感兴趣，惟独听到母子乱伦就觉得很恶心。

因为母子乱伦不可能是一种欢愉的事。

所谓的变态，光看看影片《粉红色的火烈鸟》就可一目了然，它必须具有让爱已经被封闭的人得到释放的可能性。

《粉红色的火烈鸟》打破了“人类是文化性动物”这一狗屎般的（然而是正确的）命题，所以你会觉得很有意思。

然而，母子乱伦呢？这完全是无可救药了。

酒醉后低能的大叔侵犯自己的女儿，如果是这样的话，事情还能够理解。因为虽然悲剧的性质依然不变，但还能够感受到人类能量之类的东西（尽管使用方法出现了偏差）。

但是，现在出现问题的母子乱伦，即使是野生动物也决不会干，这恰恰是文化性的。想到这一点，我就会觉得悲哀。

我感到不安，我们雄性到底会衰退到什么地步呢？

这还根本谈不上什么“男人和女人的和睦关系”，雄性正在迎接史无前例的危机。

“妻子来接受性指导咨询，说我们家的丈夫不能做爱啦。严重的时候，是男人无精打采地来打听怎么办才好，妻子和母亲一路跟着。事态变得那样，连我都快阳痿了。”朋友这么说道，悲哀地笑了。

这不是雄性的危机又是什么呢？

不会享受性爱的男性增多了，社会就会变得极不稳定，整个社会就会向极权主义倾斜。

现在这个时候，能够拯救这一点的，不就是“风俗”女孩吗？

算了，话越说越灰暗了。

“你为什么使用‘我们男人’的说法？难道就不能说‘作为男人的我’吗？”以前，有位著名的搞妇女解放运动的社会活动家这样问我。

她当然是在提醒我要“作为个人发言”，这我很明白。但是，我想要强调的是，雄性的危机不能熟视无睹。

问题不在于雄性的危机会导致法西斯主义之类，而在于看见雄性的无能，就连我都提不起精神来。

看见无能的雄性，人的精神真的会萎靡下去。我不想看见在动物园的兽槛里手淫的猩猩，也不想看见宠物店的陈列橱里，卖剩的两只雄猫轮流骑在彼此背上的情景。

而且，雄性的这种危机，最大的根源显然是雄性把攻击性本能遗忘在什么地方了，而要以正常形式恢复攻击性本能，几乎是不可能的。深夜蒙面袭击女孩，解决不了任何问题。

我变得郁闷了。

我去蒙帕纳斯[1]学生街上的电影院里观看《教父》。是第一部

1 巴黎塞纳河左岸的大街，20世纪以后聚集着众多的文人墨客，成为文化艺术的中心，有很多剧场、咖啡屋、夜总会。

和第二部续集连续放映的。

维托·唐·科莱昂，即在第一部里由马龙·白兰度出演的教父，他年轻时的角色在续集里由德尼罗担任。我看着这部电影，勇气油然而生。

德尼罗出演的维托·唐·科莱昂，和现代的雄性们比，有哪些地方不同呢？

在《太空先锋》[1]中由山姆·夏普德扮演的耶格尔那样的男人，和与妻子、母亲一起去性指导中心的男人比，又有哪些不同呢？

我注意到的是，看上去处在这样两个极端的男人，实际上在“性”方面是同样悲哀的。

“Mother fuck[2]”这句话是极具侮辱性的语言，却也是一句非常悲哀的话。

很多男人做过与母亲性交的梦。用不着搬出弗洛伊德来也知道，这不是什么反常的梦。

因为雄性最初的性对象就是母亲。但是，它一旦成为现实生活中的母子乱伦，性质便不一样了。显然是异常的。

动物为了防止乱伦，大致采用两种方法。

食肉兽等小型兽群，在长大到成年兽之前，年幼的雄性与其

---

1 美国电影，1983年拍摄。内容为美国为实现载人航天计划，培训了七名有合适资质的宇航员，主人公查克·耶格尔是其中驾机速度最快的一员。

2 意为“操你妈”。

说是被赶出族群，还不如说几乎是自动抛弃族群。因为它得不到食物，所以只好自己去寻觅猎物。

大型群体生活的动物，比如猴子等，“亲子”常常是一起生活的，所以关系亲昵，“攻击”欲望消失，形成了无能力交尾的体系。

就是说，向外发展的意志和攻击本能的抑制，能防止乱伦。

对雄性来说，重要的是向外扩展的意志、对于变化的渴望和参与。

与雌性不同，我们雄性经常想让“关系”之类的东西产生某些变化。或是革命，或是出人头地，或是独占鳌头，或是两性默契，或是饮食节制，或是势力扩张。

教父维托·唐·科莱昂和查克·耶格尔与这一点都有着很深的关联，所以能够正统地保持着向外发展的意志。

笼罩在悲惨的雄性们头顶上的，是“为时已晚，任何事情都已无法亲手改变”这一深深的绝望。这种绝望，使攻击本能失去了控制。

那么，怎么办才好呢？

这种事，我不知道。

我们雄性以放弃与变化之间的关联为代价，收获了点什么。

责任在于当事人。像我这样舞文弄墨的人，要么觉得有趣才写，要么是说句什么“难道不是越来越萎靡了吗”来糊弄人，两者必居其一。

状况丝毫没有好转的征兆。

悲惨的雄性以后或多或少还会继续增加吧？

如果投一块石头，也许至少会有一个人会醒悟过来。但我连那样的热情，也没有。

分手时她问我以后怎么办，
我回答说获得幸福就是胜利

我已经很久没有遇见好女人了。

那是六本木偏僻处一家很普通的餐厅。我和一位关系密切的编辑一起拦出租车，我突然想撒尿，就跑进了那家餐厅里。

餐厅里有两组客人。一组是女客人，另一组是男客人。

女性的一组从外形和服饰来判断，年龄参差不齐，给人的感觉是在上完某种传统舞蹈课后来这里喝酒休闲。

男性的一组是东京近郊偏僻乡村的商店老板聚饮，看他们的模样好像是刚打完高尔夫球比赛。

我们进去的时候，两组客人之间刚开始卡拉 OK 交战，他们相互挑战应战，相互奚落，看样子双方都喝了不少酒。

我们在吧台边坐下，要了啤酒。

我和编辑朋友都没什么机会去“普通的餐厅”，所以看见两组客人快乐地对唱，产生了一种怀念之情。

“真好啊，这样的气氛。”朋友说。

我一边喝着中瓶的啤酒，一边表示赞同。

我们先前已经在银座吃过寿司，接着在好几家俱乐部和酒吧喝了梯子酒，之后又带着女招待去六十年代风格的迪斯科舞厅玩。这是我们经常因循的一条不普通的玩乐路线。

“幸亏这些人辛勤劳动，我们才能有闲情逸致到处溜达啊。”

“嗯，要悠着点。”

“我们为什么尽去那些无聊的酒吧呢？那里全是一些剃着板寸的时髦男女。那种地方，你喜欢吗？”

“不喜欢，只是因为年轻女人想去，所以就带她们去了。”

我们一边带着微笑看那两组客人对唱，一边喝着啤酒，抓着添有枯萎的欧芹的干鱿鱼当下酒菜。

所有的一切都是很普通的，但又觉得非常新奇。

这时，那个女人拿着话筒唱起了《心灵相通》。

虽然唱得不太好，歌声中却充满着情感。

她走到我们身边，在我和朋友之间像倚靠着似的把手肘支在吧台上唱歌，她这一组的另一个女人嚷道：“喂喂，她刚刚离婚。你们照顾她一下啊，她是个好女人。”

“是啊，我离婚了，愿意照顾我？”她笑着对我们说。

《心灵相通》结束后，她没有回到自己的桌子边，而是在我们中间坐下，说：“我也来杯啤酒吧。”

她还对我说，我读过你的小说呀。

仔细观察之下，发现她在那组女人中特别有光彩。

我之所以没有马上注意到，是因为她刻意地不让她的妆容和时装比伙伴醒目。

“听说你离婚了？”我的朋友问。

是啊，她带着调皮的微笑回答。你丈夫肯定是个好人，我说。

怎么说那样的话啊——她说道，把干鱿鱼须放进嘴里。

听着你唱的歌，才那么想的，嗯……感觉是无意识中渗透着爱，而且有些伤感吧——我装模作样地说着恭维话。我的朋友抓着我的肩膀笑道：又来了，这小子是花言巧语的专家啊。但她一副认真的表情，用力地连连点头。

看来是个脑子非常好使的女人。我正感到兴冲冲的时候，有个小波浪发型的男人站在我们的面前，话里带着些乡土口音：“你们要适可而止！”

我马上看那“小波浪”的右拳，确认他的手上没有打空手道磨练出来的老茧。从他腰部的晃动来看，他已经很醉了。我估计自己一脚就可以把他踢翻。

“你自己注意点，我们一直挺开心的，你不要插进来胡说八道。”

“你的事我不管，可我不爱听你这样讲话。”

我们就这样对峙着，事态已经到了一触即发的程度。

“小波浪”他们有四个人，都一齐站了起来。其中一个人很稳重，想要制止他们，但剩下的人全都是一副想打架的模样。

我的编辑朋友凭着拳击还参加过国民体育大会，心里正痒痒着什么时候动手。我也做好了准备。

这时，她笑了起来。

“你们都不会是神经过敏吧？”

笨蛋，电影看得太多了吧——她一边说着，一边从吧凳上下来，推着“小波浪”的后背，回到了自己的桌子边。

我去哄一下就回来，等着我吧——她悄悄地对我们说道，眨了下眼睛。

她那明快的声音缓和了紧张的气氛，“小波浪”他们向我们挥着手先回去了。

她又握着话筒唱了一首《再会》，然后又来到我们这里。

“呃，怎么样？”

“很好啊，还是能感觉出爱。”

“我，是伤感的吗？”

“有一点吧。”

“不过，我一点儿也没有感到后悔呀！”

“我明白。”

“你怎么明白？”

“因为后悔的家伙不会笑得像你这么灿烂。不过，即使不后悔，有时也会抑郁。”

“我不喜欢法院。”

她这么说着，微笑从她的脸上消失。我望着编辑朋友。他也正在通过法院离婚。

“怎么说呢？两个人的感情吧，能变成数字或合同吗？我无法忍受。但惟独孩子，我绝对不能让。”

“我明白。”

“我今天有点怪。平时我不太说这些事的，请不要误解啊。”

这家伙也正在离婚呀！我用手指了指朋友。

“呀！是吗？怎么样？打得起精神来吗？”她问。

还行吧，朋友回答。

“那样的话就好。我那个呀，他有些孩子气，所以我很担心。我不是留恋他呀，不是的。但毕竟我们在一起有八年了。我是不是很怪？”

没什么怪——我们摇着头，同时说道。

她们回去以后，我的朋友哭了。妻子与他分手后再婚，还有了孩子，和他之间没有孩子。

“她也在那样为我担心吧？”

那当然，我说道。但是我说错了。顽强而又温柔的女人是很少见的。

分手的时候她问我，我以后该怎么办？我说，获得幸福就是胜利。

但这句话，我无法对失去妻子的朋友说。

大叔们去首尔是因为
“父权”还在起作用

我是生平第一次去韩国。

时间只有两天，却给我留下了非常美好的回忆。

汽车行驶在金浦机场通往首尔市中心那条紧急时可以成为飞机跑道的宽阔的道路上，我不由得高兴起来："嗯……真好啊。"

街灯在雾气氤氲中渗透出黄色的光晕，如果要拍摄的话，实景要比道格拉斯·特鲁姆布那些人找到的理想得多。

一到宾馆，前台经理和行李员就马上迎上前来，堂而皇之地对我说："女孩子，很可爱的，介绍给你。"

大堂里的那些梳着小波浪发型却穿着高尔夫时装的团体客人看上去不太正经，但我也并没有感到厌恶。

同行的年轻人 A 对我说，韩国的料理店到晚上十点钟就几乎都关门了，所以只能用客房服务凑合一下。一看客房服务的菜单，只有炒饭和咖喱饭，我顿时冒火。来首尔就吃这个咖喱饭吗！我骂了起来。

去明洞寻找，像十年前地下繁荣街那样的地方，不是有正宗的韩国五花肉吗？生蒜拌辣椒酱、五花肉汤加辣白菜，我饱餐了一顿情绪激昂的夜宵，那天是准备玩通宵的，所以想回宾馆喝一杯后躺一会儿。一去酒吧，感觉更像是热海[1]的餐厅，这令我十分喜欢。

当然，吧台边还有女人来找我玩，是典型的韩国美女金小姐，和在宾馆的日本餐厅里工作的女服务员朴小姐。

两人都是好姑娘。我遵循着一眨眼工夫就成为朋友这一世界通用的模式，一边让她们教我韩国话“你好”“谢谢”“抱歉”，一边约定明天晚上和朴小姐一起吃晚饭。前台和行李员打来好几次电话，问“要不要女人”，金小姐和朴小姐还说“日本的男人是不是都好色？”我们随意品尝着一种叫“SOJU”的酒，第一天晚上就这样过去了。

第二天，我和朴小姐以及她的朋友卡克小姐一起去吃参鸡汤，在南台门市场街买了个假冒的路易·威登（在巴黎二千法郎的文件包，在这里是一千二百日元），以及二百日元的盒式录音带、二千日元的锐步运动鞋，一边想着猪头吃起来大概很香，一边去了梨泰院的迪斯科舞厅。

梨泰院的迪斯科大街使我想起了佐世保最鼎盛的时期，真是妙不可言。

1　日本的游览胜地。

光怪陆离的霓虹灯和化妆得花里胡哨的女人们，黑人大兵、美国陆军宪兵、警官、摊贩……嗯，没有比这更好的了。治安是首屈一指的，当然军队端着 M16 自动步枪巡逻是原因之一。

迪斯科舞厅虽然与其他任何地方都差不多，但与基地区域的气氛非常吻合。

只是舞跳得出色的年轻人寥寥无几，朴小姐和卡克小姐虽然也乘兴踏着舞蹈的节奏，但感觉只是怯生生地手舞足蹈着。

迪斯科之后去了一家大型的卡拉 OK 餐厅，沉浸在洪水一般扑面而来的韩国歌谣里，身心非常放松。最后我们去小巷里吃排档，小巷里排着一长溜排档，我们就着辣椒酱、蔬菜叶子、辣椒、生大蒜等，吃了乌贼、海鞘、牡蛎和其他两三种叫不出名字的贝壳类刺身，美美地喝着 SOJU，大合唱《回釜山港》。就好像这个夜晚永远也不会天亮。

我不是要写这种韩国游记，下面开始进入主题。

我觉得自己总算理解了日本的大叔们拼命要去韩国的心情。

我认为他们去的目的并不是为了嫖娼。不知道算是幸运还是不幸，我不认识干那一行的女人，但我觉得她们肯定是好女人。

在宾馆退房的时候，日本团体游客后面跟着那种感觉的女人，她们利利落落地提着行李。

“回去要当心啊。”

“要珍惜家庭。”

“以后再来啊。”

那种感觉的女人这样说着话，甚至能让人感到一种慈爱之情。

中坚工薪族和中小企业的社长，因为又矮又胖又秃，在家庭里受到挤压，在事业上压力重重，在日本去了酒店也不会被年轻女孩当回事，因此他们自然会觉得“如果总归要花钱，还是去韩国好”。

韩国的女性，在我见到的范围内，从读小学的女孩子，到宾馆女服务员、五花肉餐厅里的结账员、为我指路的女大学生、大排档的大娘们，个个都很温柔、可爱、开朗。

和日本到底有什么不同呢？

是受到至今还在脉脉传承的儒教的影响吗？

是因为父权制至今还在发挥着强有力的作用吗？

但是，一旦到了纽约这样的地方，朋友们总是很羡慕我，说：“你真好啊，你有日本妻子和情人。”

纽约那些地方的女人，的确很强悍。

比如在日本，对妻子和情人可以常常随口说她“你真是个笨蛋!!”，但如果在纽约对女人说这样的话，那就是真正的大逆不道。

是信息量的原因吗？

是经济能力的原因吗？

是随着物质的富裕，女人们变得飞扬跋扈起来吧？

还是韩国女性个个对我表现得可爱、温柔、开朗，仅仅因为我是外国人吗？

在《大草原上的小房子》[1] 里，母亲、女儿总是顽强而温柔的吧？

温柔的女性和不温柔的女性，无论在任何国度、任何状况下都是存在的吧？

不温柔的女人，会因为男人而发生变化吗？

不知道，我一无所知。

我能说的就是，搞妇女解放运动的那帮家伙只顾一味地攻击、蔑视那些赚了些小钱就急切地想去韩国的人，对我"韩国女性温柔"的看法漠然处之。

我并不是说希望女人变得愚钝。

要问愚钝的女人是否温柔，这是风马牛不相及的两码事。

我发现最大的根源还是在于"父权"。

只要"父权"在发挥着作用，哪怕它是虚幻的，女性在物种的意义上就会变得温柔，不是吗？

父权崩溃的时候，女人就不得不变得牛气起来。

"下次来的时候，不要忘记帮我带一盘《桃色吐息》的磁带来啊，我想把它背出来。"朴小姐这么叮嘱我。

我在想，过一阵该送去了吧。

---

1 世界少年经典文学小说，美国作家槐尔特著。作品反映一百多年前美国的移民生活，是美国儿童最喜爱的书籍之一。

不能像观光客
那样对待女人

今年我常去国外。

我简直像逃离日本似的去美国和欧洲。

屈指算来，我在国外的滞留时间超过了二百天。

去得最多的是纽约，总共去了五次八十天。不过，也许是因为上了年纪的缘故吧，我没有去跳迪斯科。

取而代之，我必定要去的是前面提到过的二十三街的“威廉兹酒吧”。

那家酒吧里只有四个舞女半裸着轮流上台跳舞，其他什么也没有，但我却喜欢。

在上城那里也有半裸酒吧，但那是观光客专用的，很没趣。

无论哪个国家，无论哪个城市，“观光客专用”的东西，都如出一辙。

（以前见到过的热海的花车很棒，但那大概是个例外。）

那么，观光客专用的半裸酒吧和“威廉兹酒吧”不同在哪里呢?

首先是女人不同。观光客专用的酒吧里，女人有“昨天刚从俄克拉何马州来”和“白种人舞女的腹部如果松弛就会变成这个样子”这样两种类型，无论哪一种类型的女人，都会马上把乳房“扑噔”一下整个儿暴露出来，像宿醉的女人只是踏步似的跳着懒散的舞。“威廉兹酒吧”的女人则一边微笑着强有力地弹跳，一边欢快地舒展四肢，不停地用力扭动屁股。

那种差别是从哪里产生的呢?

既有酒吧定位的问题，又有待遇高低的原因吧。

然而，一杯威士忌的价格还是上城那边的酒吧昂贵，所以我想工资的差别大概不会太大。

不同之处肯定是在客人与舞女的关系上。

“威廉兹酒吧”的客人从著名的电影导演到几近流浪汉的大叔，三教九流各色人等都有，但基本上都是当地（包括新泽西）的人。

因此，他们要求并期望舞女能够给他们带来快乐。

而且，舞女也会满足他们的要求。但是，观光客因为不懂规矩，所以对于要求和期望的水准是无知的。

由此，作为自由消耗品的雄性的我们，在男人和女人的关系方面，能够学到重要的东西。

即，不能像观光客那样接触女人。

（可是，这是多么浅薄的教训啊。）

那么，怎么做才能不像观光客呢？想想也是非常难的。

观光客目光贼溜溜地打量四周。

观光客不认识路。

观光客不愿意自己一个人独处。

观光客直露自己的色心。

观光客不熟悉那地方的语言。

观光客没有明确的想法和目的。

也就是说，观光客信息量极少。

重要的是信息。所谓的“信息”，而且是对女性有效的信息，接近于知识而不是消息。

误解“知识”这个词，或去书店里翻找，或买烟斗，或装模作样地翻开英文报纸的家伙，看起来不会有什么本事，所以从一开始就排除在外。

所谓的“信息”，就是了解自己对某些事“不知道的有多少”——信息质量的高低由此决定。

假设你对秋田特产“切米糕火锅”的知识有所了解。

这种时候，条件就是要知道你与日本拥有“切米糕火锅”信息量最多的人之间的差距。

女人一眼就能看透与信息有关的谎话。

为什么？

因为，对女人来说，这是死活问题。

从狩猎社会到现代社会，雄性如果缺乏生存所必需的信息，就只好处于淘汰的命运。女性的遗传因子里有一个制御装置，专门用来筛除那样的雄性。

因此，我们必须掌握知识。这是非常辛苦的。

我事先说一句，书和杂志不起任何作用。

最近与美食家有关的报刊常常刊登“挑选百家美食店”之类的文章。如果是我，自己真正珍惜的店铺，是绝对不会告诉那些还不知道的家伙的。

在它的版面上，无论给我多少稿费，我都不会把能当作杀手锏的店铺信息说出来。因此，在书籍杂志里的，全是可以丢给无名大众的信息。

我不得不变得没个性，但又没办法将这些东西一概拒绝。

因此，方法就变得越来越重要。

假设有“南极”这样一个考量因素。

作为信息，你知道“南极很寒冷”。

或许你还知道那里一年的平均气温是零下几十度。

另外，还有人知道零下四十度的寒气砭人肌骨是什么样的感觉。

这些知识决定了你有关南极的信息的质和量。

把百科辞典囫囵吞枣地背诵下来，也许还无法胜过实际去过南极的人。

将完整的信息量的值设为“α”，将这个“α”和你的值之间的差设为“β”。

了解“α”的存在，认可“β”，这就是知识。所谓的“方法”，就是指能否满足“β”值。

这一点，决定你的价值观。

我们不愿意知道不想知道的事。

在酒场里大言不惭地谈论女人的家伙压根儿就不行，因为女人天生就知道，越是了解女人的人就越是不会说出那样的话来。

不是那个人决定方法。

而是方法决定那个人。

方法出错，进展就不顺利吗？并非如此。

如果把方法设定为“生命力”，即使其他所有的要素都背道而驰，也可能制造充满惊险、色情、刺激（简直是007系列的拷贝）的关系。

人类把认可方法的差异称为“温柔”。

我们男人和女人，方法从一开始就不同。

而且是各有各的不同。

因此，如果换一种说法，那就是，没有方法的雄性，对女人是不会温柔的。

就是因为那种温柔，可怕的女人们才会来守住我们。

可以说，现在这个时候，我们这些大叔能够挤压着年轻小子而与年轻的女人玩在一起，最后靠的恰恰是信息和方法，而不是金钱或什么东西。

加油。

你的情人跟你说起
小时候的回忆吗?

乘飞机去海外旅行，路途漫长而又累人，却也有着与此相应的乐趣。

我阅读冒险小说，就是在那个时候。

肯·福莱特的最新作品《与狮子同眠》（集英社出版）之类的书出版后，我会强忍着不读，等着把它们带到飞往纽约的大型喷气式客机里。

福赛斯和杰弗里·阿彻，我几乎都是在飞机里读的。

国外的间谍小说和冒险小说通常都很有趣，这一点不必扯开嗓子大叫，大家也都知道。

其中我最喜欢的，还是肯·福莱特。

自从《针眼》一书以来，他从来没有让我失望过。

（只有非虚构的《乘着老雕的翅膀》另当别论。）

不过，在《与狮子同眠》里，与其说也有魅力十足的女性登场，不如说这个她就是主人公。

她（名字我忘记了）先与当美国中央情报局间谍的美国男人交往，后来与当克格勃间谍的法国男人结婚（丈夫是间谍一事，她还蒙在鼓里），接着又参加医疗志愿团奔赴阿富汗的喀布尔。

不久，她发现丈夫是克格勃间谍，便与原来的“中情局”再次联手，这自然是“中情局”求之不得的事情。在阿富汗的山村里与“克格勃”过着结婚生活期间，她想念“中情局”时，有一句令人印象深刻的台词。

她觉得“中情局”已经渗透到了她身体和心灵的深处。

她颇感怀恋地回想起来：“对了，我常常跟他说起小时候的回忆。”

处在恋爱关系中的男女，冷不防会说起自己小时候的回忆。这看似微不足道，里面却包含着重大的意义。

小时候的事情也有各种各样。

从不能对任何人说起的幼儿经历，到值得纪念的在河里钓到鱼的一天、讨厌的老师、印象很深的朋友、想对父母说却不能说的事情，等等。

有的人，你绝对不能向他提起那些别人一听就不会感兴趣的小事的。

但也有的人，不知为什么，一见面你就会向他谈起那些事。

小时候的事，还有很少会对别人提起的事，百无禁忌地说出来——遇上这样的异性，就连做爱都不知为何会多了份亲近。

我很满足地读完了肯·福莱特的最新作品，觉得他果然非常了解女人（即有关恋爱），然后打开事先带着的卡尔·萨根[1]先生的《超时空接触》（新潮社出版），不料里面写了完全相同的事情，我有些吃惊。

《超时空接触》的主人公也是女性。

（如此说来，《异形 2》也写了那个幸存下来的女人战斗的故事。本连载所写的事情即将成为现实，我又高兴又害怕。）

女主角是电波天文学家，她接收到来自二十六光年远的织女星发出的信息。她和总统（这个总统也是女性）的科学顾问有一时期处于恋爱关系，我记得里面也说过“要珍惜那个能够谈小时候重要事情的人”。

萨根先生毕竟是搞科学的，所以小说中的心理性分析比肯·福莱特来得更深刻。

让我这样的人来解释那个分析，就是这样的：

也就是说，人根本就没有“自我”这一类偏执的东西，而只有“我”这一现象的积聚。

“我”这一现象的积聚，就是在“我”的身上有着好几个连自己都不能控制的“我”。

---

1 美国已故天文学权威，美国行星学会主席，宇宙生物学创始人。曾主持“水手 9 号”“旅行者号”“先锋 10 号”等著名的行星探险计划，是地球人第一封发往天外的金属信件（由“旅行者 2 号”携带飞出太阳系）的设计者。他也是一位有成就的科普作家、小说家。

有婴儿时期的“我”、幼儿时期的“我”、六岁的“我”、十岁的“我”、十七岁的“我”，它们一边相互争执着（作为不同的个体），一边塑造着现在的“我”。

（萨根先生不会是读过三浦雅士[1] 或其他什么人吧？如果没有，“‘我’这一现象”也许会成为世界性的关键词。

这可是要出大乱子的。首先宗教就会被迫变革。）

因此，所谓的“全方位的恋爱”，如果对方不能应对那些相互争执着的、无法驾驭的、混沌的“我”，就不可能成立。

对方能在多大程度上容忍自己，那种容忍量决定了两人的亲密程度。

你的恋人跟你说起小时候的回忆吗？

这个问题成为亲密程度的评判基准。

对对方的恋慕，就是容忍她（他）所有一切现象的积聚。

可悲的是，我们雄性比雌性有着更强烈的自我意识，并具有一种特性，即不能直线型地表现“我”这一现象的积聚。

是因为感到害羞。

最近的愣头小子们可以说是因为缺乏克服幼儿体验的契机（尤其是年轻的雄性），才无法期待来自雌性的亲昵。

要打破幼儿期的恐怖体验，这不是一件容易的事。

1　三浦雅士关于“我”的论述，参见前面《所有男人都是消耗品（二）》一篇。

因为那就是打破“我”。

人们说的“新宗教时代”，主要原因就在于此。

要打破幼儿体验、打破“我”，必不可少的当然是“表现”。

所谓的“表现”，就是在某种形式里添加力量，将眼前看得见的东西变形。

最大级别的就是革命或战争，但现代社会没有那种东西。

因此，我们只好要弄些小表现。说实话，大部分雄性连这样的小表现也要弄不出来。

这是怎么回事呢?

“年轻才能做的事”在大量减少。

如果年轻才能做的事减少，毛头小子们就会失去他们的特性。

所有的人都会变成大叔。

年轻的女人飞扬跋扈，引得中年的雄性飞扬跋扈，原因就在于此。

面对年轻女性的“我”这一现象的积聚，年轻的雄性无法应对。

面对主妇们的“我”这一现象的积聚，丈夫们也无力招架。

这样一来，令人开心的构图就出现了——在她们发动反叛，直至新的宗教产生之前，由我这样爱玩的人临时来照顾。

可以追求的是
男性的自立

我感到社会终于开始承认“女人是有锐气的”了。

我并不是自夸“几年之前我就说过这话了”。

最近，在某个职场（职场之类的词语总让人有些怀恋，虽然已经不怎么使用了，但还没找到替代它的新词）组建某个项目组的时候，或在大学的圈子里计划要举办什么活动的时候，女性掌握主导权的现象好像多起来了。

这是天经地义的。

人们常说，其理由在于女性的思考方式很柔软。

同时，女性有决断力。

优柔寡断的，反而绝对是男性。

这不仅仅体现在恋爱方面。

无论男人，还是女人，如果是别人的事，人们马上就能够得出结论。

这是人生咨询的秘密。

即使并非有识之士，也能够提供人生咨询。

米长邦雄[1] 在《文春周刊》上举办的泥沼流人生解惑引起了人们的关注，因为米长邦雄知道那种人生咨询的秘密，能够作出袖手旁观的回答。

很早以前，人们就说决断是男性的专利。

扭扭捏捏、举棋不定的是女性。

那是因为父权在起着强有力的作用。

“父权”，是在某种紧张状态下幻想的产物。

比如，在直接使用暴力的交战状态中，在能清晰地看清敌人的面目时，父权就浮现出来了。

最重要的是，在人类的诞生过程中，父权是不可或缺的。

此后，当世界弥漫着不安定时，父权体系通过所有的宗教、所有的政治体制得到维持。

（糟了，越说越难了。）

总之，如今父权要崩溃了。

准确地说，那不是因为女人们变得强大了。

也不是因为男性变得懦弱了。

只是所有人都为维持“幻想”而累得筋疲力尽了。

如果撇开人为的生殖，自然界里就不存在“父亲”这个东西。

1　日本职业将棋手（1943—2012）。他棋风厚实，善于在不利情况下在自阵中打入特驹，使棋型复杂化，从而逆转败局，被称作“泥沼流”。

无论我家的牧羊犬，还是波斯猫，都不知道有什么父亲。

它们在刚出生的几天里绝对离不开母亲。至于什么父亲，只是最初的时候射个精，以后就毫不相干了。

据说，东非有一种哈努曼叶猴，新猴王诞生之际，会将前一个猴王生下的孩子全部咬死。看着孩子被咬死，雌猴们发情，生出新猴王的孩子。

然而，那种可怕的杀戮体系，自然不是为了“确认父亲”。

应该说，这大概是遵循着“强者子孙优先”这一大原则。

（嘿，实情就连哈努曼叶猴自己都不知道，只有创造那种遗传因子的上帝才知道吧。）

也就是说，从生物学意义上来讲，受胎以后，父亲就不需要了。

说到哪里了？

对了，说到决断力了。

之所以现在所有层次的团体都是女性掌握着领导权，正如人们所说的那样，是因为她们柔软的思考方式和卓越的决断力所致。当然，“柔软的思考”和“决断力”处在不可分的关系中。

将两者联接起来的，是信息。

在父权发挥强大作用的期间，男性独占信息。

因此，女性自然就会扭扭捏捏、举棋不定。

父权的崩溃，造成了信息的扩散。

信息（不是消息，接近于知识的意思）质高量多，就能够形成“柔软的思考方式”，“决断”也会变快。

如今，女性掌握着什么样的信息呢？

肯定是本质性的信息。

那一定和我在这个连载中反复说到的是一样的。

恰恰就是，要得到生物学意义上的优先权，就得不到体制意义上的优先权。

去年年底，我在巴黎看到大规模的学生游行。

学生们成功地迫使希拉克总理撤回《大学改革法》。

这次游行，政治性的含义好像很少。

也没有以前像丹尼尔·孔-本迪[1] 那样具有象征意义的领袖。

我觉得他们不是对整个社会体系提出异议。

日本的男孩们变得越来越爱打扮、越来越可爱了。

爱打扮，不是坏事。

男孩们常常不得不抵挡来自社会的政策。

他们每天都在接受这样的教导：如果不打扮、不变得可爱，就不能生存下去。

我一点儿都弄不明白我到底想说什么。

---

1 法国社会活动家（1945— ）。活跃在德法两国以及欧洲绿党里，是 1968 年 5 月法国学生起义（五月风暴）的领袖，主张“让想象力夺权”。

我也许根本就没有非要说的话。

（话说得支离破碎了。）

多半是因为我觉得所有的社会现象随便怎样都行。

年轻的男孩们再怎样爱打扮都行。

父权社会再怎么崩溃也无所谓。

对我来说，重要的只是食物和女人，这两者如今将会变化到什么样的程度？我觉得我只是想知道这一点。

尤其是关于女人，社会上充满着不实消息。

比如说她们的决断力吧。

女人拥有远在我们之上的决断力。

但是，为什么女人缺乏决断力之类的谬误会通行无阻呢？

男人晓之以情、动之以理，企图挽回夫妻关系，但女人却冷酷无情地将他抛弃。

相反的情况不可能出现。

在去巴黎的飞机中，我观看了故事片《硬汉》。

以往的硬汉伯特·兰卡斯特和柯克·道格拉斯对“当代”苦苦招架，并不有趣。

我是这两个人的影迷，所以开始时是带着微笑看的，但看到一半，我却不可自拔地悲哀起来。

因为那部电影将“不得不改变的是男人”这一思想表现得十分严肃，并没有采用诙谐的手法。

去留意一下吧。

头脑不好使的人即使留意了也无济于事，事态只会变得更糟。

精神恋爱
召来法西斯主义

艾滋病成了热门话题。

去接受检查（据说检查的地方也人满为患），纵然结论是阴性，也是不能释怀的。即使明白无误地诊断出是阳性，能做到的，也只是向上帝祈祷。

铁杆的同性恋者每年去芝加哥四五次，胡乱搞上一通。这样的人是自作自受，所以只好自认倒霉了。但是，如果是作为商社职员或技术指导奔赴非洲，因为工作十分勤奋，在当地的女人中很吃香，所以才发了几十枪，这样的人真的是很可怜的。

艾滋病好像主要是破坏起免疫作用的新陈代谢功能，无论它是来自上帝的意志，还是细菌武器，或是宇宙的外星人，都无疑将成为一种自然淘汰的基准。

带菌者即使全身都用橡胶覆盖着，也总是带菌的，命中注定要发病的人，无论怎样挣扎也总是要发病的。

相反，完全没有接触到艾滋病菌的人，因为没有某种抗体，弄得不巧转眼就死了，这种事情也是完全可以想象的。

总之，艾滋病有可能改变“恋爱”本身。

我给面向青年的杂志《热狗报》的“当年名人推荐”专栏写了“纯洁的爱情”。

艾滋病带来的是使用避孕套、正常体位、一穴主义[1]之类的东西，“纯洁的爱情”在这一趋势中可靠性最高。

纯洁的爱情，即不带有肉体接触的爱情，主要是没有接吻也没有生殖器接触的恋爱，其优点是不可悉数的。

首先，最大的优点就是省钱。

鞭子和灌肠器，这就不用说了，就连避孕套的费用和宾馆的费用都不需要。

我们请女人吃饭，带她们去观赏音乐会，送鲜花，买首饰，我觉得几乎所有的动机，都是“想把女人弄到手”。

即便是纯洁的爱情，有时法国大餐大概还是需要的。

不过，各种必要的经费理应会少很多。

第二个优点，这又是很重要的，就是恋爱对象的范围可以扩大。

从幼儿到老太太，都可以挑选。

近来也许因为营养好、信息畅通的缘故，有的女孩子只有六

1　指仅与一名女性保持性关系。

七岁，就已经有了令人心悸的魅力。

如果向那样的女孩子伸手，不仅会被当作变态，会受到轻蔑，而且无疑会遭到逮捕。但如果是纯爱的话，就没有关系。

此外，即使八十岁的老太太，也有至今还保留着大正浪漫[1] 的美人。

如果是纯洁的爱情，即柏拉图式的精神恋爱的话，就有可能随着大正琴[2] 的曲调，向经验丰富的老太太表达爱慕之情。

如果年龄之差变得无关紧要，也许就能让近来的女大学生收敛起她们的肆无忌惮。

精神恋爱带来的优点还有很多。

说起包养情人，总会想到中小企业的老板，这成了一种思维模式。在这日元升值的风暴中，他们的辛劳真是难以想象。

如果精神恋爱在他们中间盛行开来，他们就可以将原本用在情人身上的资金转移到设备投资上去。

现在的日本最重要的是稳健的设备投资，促使内需扩大。中小企业老板如果信奉精神恋爱，像现在那种不健全的金融热潮也会如过眼烟云，经济无疑会得到好转。

如果多个心眼，将日本式的精神恋爱与天皇制配套进行政策

---

1 大正即日本大正天皇（1912—1926 年在位）。大正浪漫指这一时期西方文化大量涌入日本，使当时的日本青年在社会生活各方面都具有西化倾向。

2 一种只能弹奏单旋律乐曲的日本木琴。发明于大正年间。

输出的话，日本就能得到全世界的尊重，消除经济摩擦是不消说的，在文化方面也能掌握主导权。

再进一步讲，如果将精神恋爱提升到精神仪式的高度，在集体自杀中暴露其悲剧性的新兴宗教的过激行为也将得到制止。

如果宗教恢复正常的形态，自动形成新的统一，那么人类将会迎来无上幸福的时期。

精神恋爱会使“升华”这个词得到复活。

升华，啊！多么令人怀恋的感觉……

以前出现在保健体育教科书（不是物理教科书呀）里的那个神圣的词语“升华”将会复活。

“……第三性征一旦出现，就会产生性的欲求，让我们前所未有地把这种年轻的能量投入到体育运动和勤奋学习中去。伟大的先人们全都这样从事着名留青史的工作。将性的欲求转化为创造性的、身体上的能量，这称为‘升华’……”

如果没有体育选手的拼搏，如果没有学者、文化人的拼博，将会导致万劫不复的灾难。

丑闻照片杂志将极自然地消失，日本的文化、体育将在所有的部门和领域再次引领世界。

世界纪录层出不穷，产生高尔夫球、网球、拳击的冠军，囊括戛纳国际电影节和奥斯卡金像奖的所有奖项，囊括诺贝尔奖，肖邦国际钢琴比赛也总是日本人优胜。

精神恋爱还会使全体国民消除敌意，为将来二十一世纪的老龄化社会发挥效力。

现在男女比率正在慢慢地拉开，大家都知道吧？

十岁以下，男女比率差实际已达百分之五，女性正在减少。

如果不赶快推广精神恋爱，傻男人们就会有大举铤而走险的危险。

如果是精神恋爱的话，即使一百个人恋慕一个女人，也无关紧要。

如果把这种欲求不满转化为日本国的悲愿——重振军备、复活征兵制，精神恋爱惟一的缺点“郁积过度”将得到充分弥补。

也许有人是真这样想的。

肯定有人想在性爱中引入情感自控机制，那些家伙无论在什么时候都会引发战争。

有过酣畅淋漓的性爱之后，谁都不会想要什么战争。

在那种美妙的感觉里，人是懒得去打仗的。

但是，要在这好色鬼受难的时代大声地宣告“什么精神恋爱，扯淡”并付诸实行是不容易的。

以前有个贤者这样说过：“……当一个俊俏的女人在你面前拉下拉链时，你真会想到什么梅毒吗？可怜的懦夫呀！……”可是，如果是梅毒，那还有救。如果是艾滋病，你想想吧。

总之，与不特定的多个对象进行没有情节的性交，要慎之又慎，还不如去谈个有故事的肉体恋爱，虽然辛苦，却也充实。加油吧……

“来这世上就是为了爱男人，
什么艾滋病，扯淡！”
迈阿密的男同性恋者这么说

在迈阿密，我悠闲地过了两个星期。

满目尽是这样一些东西：椰子树、游泳池、香槟酒、网球场、钓鱼小艇，以及嘟嘟囔囔……

即使回来，也没有什么事情需要动脑筋的。

满脑子想的尽是接下来什么时候去哪里。我眼看就要变成浦岛太郎了。

回来一看到成堆的邮件，心情就变得郁闷，但又有苦难言，只好拿着成叠的传真件走进洗手间里。

我草草地浏览了一遍催促工作的传真和不在家时送来的杂志，心情就变得暗淡起来。

日本，这是一个多么悲惨的国家啊……

依然是艾滋病的报道居多。

艾滋病几乎与黑船[1] 一样。回想起来（即使不用想），从世界上进入日本的所有的怪东西，对我们日本来说，都是“黑船”。

与艾滋病有关的喧腾是令人不愉快的。

紧挨着迈阿密的北边有个镇子叫劳德代尔堡，一到春季放假的时候，镇子里便吵吵嚷嚷挤满了几万名学生。

迈阿密是个老人城，与此相反，劳德代尔堡则是年轻人的乐园。

那里是女大学生们来抛弃处女之身的美国的“新岛”“大岛”[2]。

可以从迈阿密沿着九十五号高速公路去那里。在那条宽阔的公路沿途，还有体育馆那样规模的男同性恋迪斯科舞厅。

男同性恋迪斯科舞厅已在纽约、旧金山等大都市里销声匿迹，转移到了新泽西州和劳德代尔堡这种稍稍偏僻的镇子。

在迈阿密海滩，在高级宾馆街的正中间，有一家极其豪华的、男同性恋者专用的迪斯科宾馆。

在光是纽约就有两万名艾滋病发病者的美国，同性恋者们依然十分活跃。

我很感动。

按日本的常识看，那些冥顽不灵的美国男性同性恋者，都是傻瓜。

---

1 指外国轮船，尤其指日本江户时代末期等闭关锁国时期从欧美到日本的舰船。这些舰船大多外表涂成黑色，因而得名。

2 日本的新岛、大岛靠近东京，是年轻人的乐园。

然而，发病者仅二十余人，而且几乎都是因为输血才感染的，却要减少部分风俗业的店面的国家，真的很糟糕。

劳德代尔堡的迪斯科舞厅很棒。

天花板上激光闪烁的迪斯科舞池，有东京的迪斯科舞池的十倍那么大，相比之下，后者蹩脚得简直就像是小孩子用的。舞池的两边设有舞台，女装打扮的男人们模仿着丽莎·明妮莉[1] 和戴安娜·罗斯，听着男同性恋者朋克乐队轰轰作响的摇滚乐。

穿过舞池，有一个设有台球桌的咖啡吧，嵌在墙壁上的四台显示器映现着巨大而美丽的黑与白的小鸡鸡。

走出那个咖啡吧，有一个内花园，内花园里有一个覆盖着观叶植物的游泳池吧，光看看那嵌有照明的地板、幽空中的星星、迎风摇曳的椰子，心情就变得十分舒畅和陶醉。

穿过游泳池吧，再走进屋子里，是怀旧风格的餐厅酒吧，巨大的投影屏幕上播放着六十年代南茜·辛纳屈和至尊乐队等人的音乐录像，那里汇集了一百种以上的啤酒。

当然，在那些酒吧的吧台边和餐桌边，都有成双的男性伴侣在脉脉含情地谈情说爱，还有人在接吻。

在体育馆规模的舞池里，有几千名男同性恋者拥挤在一起。

既有身穿黑色皮夹克、戴着项链卖弄风骚的男同性恋者，也

1　美国电影女演员、歌手（1946—　）。

有金发碧眼全副意大利时装打扮的基佬，既有身穿深色礼服来渔猎年轻孩子的老绅士，也有穿着运动衫和运动长裤的佛罗里达少年侍者。

各种男同性恋者应有尽有，他们都非常快乐，看上去精神也很足。他们不可能不在乎艾滋病吧。

然而，他们既没有寂寞，也没有哀伤。

说他们是混蛋，这不难。

然而，他们绝不会灭绝。

他们生存下来，获得重要的信息，一路冲到日本人无法想象的美和快乐的尽头。

我们的祖先猴子从树上下来，在灌木丛中开始用两条腿直立行走，从那时候起，人类就处在这样一种不顾一切地向前冲的命运里。

我们的祖先是战胜了不计其数的天变地异、疾病、战争、饥饿，一路冲杀过来的。

制度和法律只是在追求破坏、创造、美、快乐之后产生的。

他们并没有说：得艾滋病吧，成为同性恋者吧，别管艾滋病了吧。

如果为晚年担忧而躲避快乐，这种懦弱反而会让人生存不下去。

如果没有“人类因艾滋病而灭绝也完全没关系”这样的明确

意识，精神反而会毁灭。

那些拼着性命乐“色”而不疲的家伙，创造出了几乎所有的前卫文化，他们以此为豪。

我先声明，我与他们是不一样的。

我不是男同性恋者，但我知道男同性恋者中满目皆是有才能的家伙。

日本的愣头小子们模仿的（让人看着脸红的模仿），是那帮同性恋者的感觉。

日本的愣头小子们是模仿出来的基佬，他们只要去看看那些同性恋者在巴黎或纽约的大街上成群结队地行走着的模样，就会相顾惨沮，无地自容。

为什么日本的愣头小子们不行？为什么愣头小子们会被我们大叔辈或外国人夺走了与他们同年龄的女人呢？他们想过没有？

日本的愣头小子们太无知，只有一些发霉的信息。

他们还没注意到这一点。

算了，愣头小子们的事先放一放吧。

这不是我所知道的。

然而，他们也太招摇了。越是看到他们，我就越不想给他们留情面。我想他们一定是最大的牺牲品。

意识形态是从天皇变成日元的时代里最大的牺牲品。

算了，我也别再“愣头小子、愣头小子”地贬低他们了吧。

难道我也已经变成大叔了？

然而，他们信息的缺乏程度是难以想象的。

在这个极端缺乏变化的时代里，信息恐怕真是在什么地方被卡住了。

封闭信息的体系大概是自然产生的。

这是远比艾滋病可怕的事情，可我就算担忧也束手无策，所以不说了。

不过，尽管如此，日本是切切实实地变成了打不起精神来的国家。

虽然我是永远精神的。

伊莎贝拉·罗西里尼
是终极的情人

这篇稿子是在四月十日写的，今天正好有好玩的新闻和可悲的新闻各一条。

好玩的新闻是，造假币的主犯竟然是个小说家。

可悲的新闻是，广岛鲤鱼棒球队的选手高桥庆彦因为和老板吵架，被停赛两个星期，在开幕式上坐了冷板凳。

关于高桥庆彦，我只能祈祷他无论如何都要在鲤鱼队打下去。

关于小说家造假币，因为目前的信息还不完全，所以我产生了各种各样的猜想，并乐在其中。

据报纸说，“小说家”作为宝石交易经纪人也非常有名，他有比他小二十岁的妻子和孩子，同时又和二十五岁的情人一起生活，驾驶着白色的宝马到处兜风。

据说他主要是创作童话，还有描写十二岁少年与爵士音乐家之间的同性恋小说，和以少女为主题的耽美作品。

这是一个非常有趣的人物，惟一遗憾的就是，“小说家”住在荒川区[1]。

这个惟一的污点，暗示着这起事件必定会走到悲惨的末路。

光凭“荒川区”这个名字，就能嗅出他生活的气息。

这个“小说家”如果将根据地设置在新加坡或香港、日内瓦、法兰克福、纽约市、伦敦这些作为幻想的金融中心，光凭用户直通电报和第六感动用巨额资金，作为其业务的一部分穿插着宝石和旧美术品买卖，在这样的虚构世界里冷静而清醒地创作着童话、诗歌和小说，不在荒川区，也不在港区，而在文京区一带的传统住宅里配有女人和宝马的话，我也许会怀着“这才是现代兰波[2]”的复杂心理，对造假币这种下三滥的事件视而不见。

但我有一种预感，“荒川区”这个地名，把一切都毁了。

“小说家”被抓获，随着事件的明朗化，一个男人虽然一度向幻想挑战，结果却一败涂地的全部真相浮出水面。这不成了常见的日本式标本吗？我害怕起来。

然而，“小说家”有着因伤害他人而高中退学、因牵涉宝石买卖纠纷而坐牢八年这些绝不是半吊子的经历。

他还在写童话。

1　荒川区和下文的文京区、港区都是东京都的区名，后两个区都在繁华地段，而荒川区地段相对较差。

2　法国象征派代表诗人（1854—1891）。

我真想读一读他创作的童话。有这种想法的，不止我一个人吧。

电视台报道这起事件的那天晚上，我接到母亲打来的电话。我已经很久没有和母亲通电话了。“说是荒川区，所以我就放心了。万一是你……”母亲还在一本正经地担心着，所以我笑了。

总之，我对这起事件的兴趣，就在主犯是“小说家”这一点上。

不用说，“小说家”是靠虚构来卖钱的人。

虽然都被称作“虚构”，但形式多种多样，从不足挂齿的谎话到巨大的幻想王国。

然而，无论创作出多么巨大的幻想王国，关于与现实的联系这一点，小说家还是有着一种情结。

发觉联系正在消失，我觉得这是小说家走向小说的起点。

他开始在幻想中寻求支撑。

然而，住在荒川的“小说家”，却在面值一万日元的假币上寻求“现实的幻想”。

买卖宝石时为了取得对方的信任，事先要亮出钱来给对方看一看。他大概是想把假币用在这个时候。

他并不想用那假币来决出胜负，却因为假币而败露，这是非常遗憾的。

现在这个时代，你就是逃到南美，也能抓回来。

“小说家”大概无处可逃。

“小说家”被抓获的话，警察和媒体就会把“小说家”和那起事件当作可悲的故事来谈论。

就连那个三浦和义，也真正地沦为可悲的男人了。

要做个恶棍是很难的。

就拿荒川的“小说家”来说，他也在苦苦斗争，想向那些已经成为体制的一部分、逍遥自在地生活着的人吐唾沫。

警察和媒体这种组织喜欢把单枪匹马的恶棍的苦苦斗争当作可悲的故事来谈论。这些组织原本就是为此而存在的，所以我也无可奈何，但我讨厌这样的组织。

无论哪里的社会都是这样的，被逮捕的话就没戏了。

“小说家”的情人出演了把大量假币扔进墓地的一幕，看来她今后还要被垃圾一般的媒体追踪下去。

我只能祈祷这两个人的抗争心不要消失殆尽。

说起情人，从大卫·林奇的新作《蓝丝绒》里可以看到男人与情人之间称得上是极致的关系。

扮演男人的，是那个丹尼斯·霍珀，《逍遥骑士》里的天才已经五十岁了。

自夸“五十年间，我一天也没有中断过毒品”的伟大的丹尼斯·霍珀扮演刚刚步入老年的黑道成员。

要说刚刚步入老年的黑道成员，在日本往往会让人联想到人道主义的阿健[1]，但阴郁而病弱的大卫·林奇不会去拍那样的电影。

丹尼斯·霍珀扮演的“杰克”这个黑道成员，是一个以割敌人的耳朵取乐的变态，是一个杀害丈夫、将孩子当人质、霸占女人作情人的荒唐男人。

他在俱乐部里逼迫情人唱成为这部电影片名的、曾风靡一时的歌曲，并流着眼泪听。他就是这样一个地地道道的心理变态的人。

大卫·林奇在《橡皮头》《象人》《沙丘》等影片里一直以异样之人为主题。

虽然讨厌，却不能无视。他就是这样一位电影编剧。

《蓝丝绒》采用悬疑的形式进行拍摄。被割落的耳朵、黄色郁金香与蓝色天空的快速切换、唱歌的基佬、让人联想起超级可卡因的粗粒盐、疾病，这些都拍摄得十分逼真。

扮演情人的伊莎贝拉·罗西里尼（罗伯特·罗西里尼和英格丽·褒曼的女儿）也演得极棒。她一边遭黑道殴打一边却激情燃烧的形象，有着一种逼人的鬼气。

“我爱你，但是，我不能给你幸福，你去找一个好人给你幸

---

1 指日本电影演员高仓健。

福。”这是一种虚构出来的最为装模作样的爱情表现（日本人非常喜欢这种虚情假意的表现）。打破这种虚构，描写男女之间不顾道德的、终极的、纯粹的情欲，我为《蓝丝绒》感动。

即使去火星，即使在殉情途中，
也不会有不暧昧的男女关系

在酒馆里，我遇见一位正与丈夫分居的女性。

她个子很高，长得也很漂亮。

她是和那位分居中的丈夫一起来喝酒的。

这种情况多得出奇。

这样的时候，绝大多数是女性显得神采奕奕，男性反而是一副垂头丧气的熊样。

我照例大谈特谈女性顽强、男性悲惨之类的观点。这位女性回答说："也许你说得没错啊。"

她甚至还说了这样的话：

"还没分居、经常吵来吵去那会儿，有一天我想到他的事我全都知道，可以说是全看穿了吧，便突然醒悟了。现在我非常快乐。"

她还不忘记补充一句："说到底，男人和女人之间也许还是暧昧些好。"分居中的丈夫对我始终一言不发。

当然，男女之间的关系，外人是绝对看不明白的。

有的妻子在外人的眼里没什么不满的，不料竟破罐子破摔出去卖淫了；也有的女人受着几近迫害的苛待，却打心眼里感到幸福。

“全看穿了”这句话，是什么意思呢？

从文学和心理的角度上来说，人们看不明白的首先就是自己。

“我和别人不一样”，要确认这一点，只有依靠别人。

说一对有名的双胞胎姐妹的事。

这对同卵双胞胎姐妹某天想出一个有趣的淘气事来。

两人都在读小学，在相邻的两个班级里上课。

于是，两人分别去了另一个班级里，姐姐装作妹妹的模样去妹妹的班级里上课，妹妹装作姐姐的模样去姐姐的班级里上课。

两人脸庞长得一模一样，体态大致相同，学习成绩也差不多，因此各自在对方班里上了一年多课，也没引起任何人的怀疑。

当然，两人没有产生精神错乱。

因为一到家里，她们就恢复了原来的姐妹地位。

不过，最重要的是两人相互确认对方。

如果两人之间产生裂痕，也就是只要姐姐对妹妹说“我难道不是妹妹吗”，就会产生混乱。

在这里还有一个重要之处，就是决定“调换”的一方（即前面说的姐姐一方）没有发生错觉。

比如，姐姐失去了精神上的统一性，开始主张“我是妹妹”。

两人的长相、体态、学习成绩都是一样的。

姐姐会拼命地模仿妹妹的性格。

她对父母、学校都宣称自己“是妹妹”，举止、形态都学妹妹的样。

当然，发疯的是姐姐这一方。

“姐姐变得古怪了。”妹妹这样判断。

但是，假如没有明显的黑痣、青斑、牙齿形状等可供区分二人特征，妹妹要证明“我是妹妹”是很困难的。

妹妹和姐姐当然是不一样的人，但几乎没有办法可以证明这种不同。

“人格”是社会性的。

基于这一点，回过头来再听她说“对丈夫全看穿了”，就带着另外一种色彩了。

“全看穿”之类的事本来就不可能，所以这恐怕该解释为“变成另一个人”吧。

“统一的人格”原本就不可能有，所以人暴露其另一侧面是家常便饭的事。

比如，那个丈夫在妻子面前，和在上司面前、在喜欢的俱乐部女招待面前，就微妙地有着不同的人格。这是合情合理的。

那个丈夫是怎样让“另一个我”暴露出来的呢?

大概是为保住“家庭中的我”而累垮了吧？

我想，累垮他的恐怕是他夫人。

那位夫人选择了累垮丈夫。

可能是她希望他即使累垮了也要坚持做“和平时一样的丈夫”，以此来证明爱情。也可能是她想累垮他，使他暴露“另一面”，对他产生厌恶。

总之，这是一种心理上的防御本能。

人人都希望自己喜欢的人在自己的面前始终如一。

孩子最害怕醉醺醺的父母。

孩子害怕父母酒后动粗，但更害怕父母酒后会成为“另一个人”。

彼得·方达谈起他的幼年时说：“看到父亲亨利·方达在银幕里变成完全不同的另一个人，我就要发疯。”

爱他和被他爱的那个人，在自己的面前表现出不同的人格，这是一种恐怖。

从中还会派生出另一种恐怖。

一种由人的想象力创造出来的恐怖。

人会想象：“他在别人面前，也会表现出和在我面前一样的德性吧。”

这称为“嫉妒”。

然而，我们无法消除“嫉妒”。

“男人和女人之间也许还是暧昧些好。”那位女性说。

即使两个人一起去一座无人的岛屿，即使拉勾、文身，发誓永不变心，即使两人一起从大楼上跳下去，也不会有任何一个明晰的保证。

两个人手搀着手从大楼上往下跳时，也无法挥去“对方兴许在想着另一个人”的疑心。

那么，我们该怎么办才好呢?

我认为，只有拿出勇气来接受暧昧。

说起来很简单，但做起来就难了。

尤其是无精打采的时候，失去自信的时候，暧昧这玩意儿就会变得难以忍受。

把消除这种暧昧误解为是追求真爱的傻瓜格外多。

这并不是允许人们说谎。

是要相信自己。

(呀！变得像《PHP》杂志了。)

做不到这一点的人，没有恋爱的资格。

图字：09－2004－470号

图书在版编目(CIP)数据

所有男人都是消耗品/(日)村上龙著；李重民译
.—上海：上海译文出版社，2020.10
(村上龙作品集)
ISBN 978－7－5327－8570－4

Ⅰ.①所… Ⅱ.①村…②李… Ⅲ.①随笔—作品集
—日本—现代 Ⅳ.①I313.65

中国版本图书馆CIP数据核字(2020)第162186号

所有男人都是消耗品
［日］村上龙 著　李重民 译
责任编辑/吴洁静　装帧设计/山川制本　插画师/木内达朗

上海译文出版社有限公司出版、发行
网址：www.yiwen.com.cn
200001　上海福建中路193号
江阴金马印刷有限公司印刷

开本 787×1092　1/32　印张 8.75　插页 5　字数 71,000
2020年11月第1版　2020年11月第1次印刷
印数：00,001—10,000册

ISBN 978－7－5327－8570－4/I·5279
定价：52.00元